KB132152

오늘 같이 있어
박상수 시집

—

—

—

문학동네시인선 109 박상수

오늘 같이 있어

시인의 말

우린 너무 아름다워서 꼭 껴안고 살아가야 해.

2018년 초가을
박상수

차례

2부

4부

1부

외동딸

마음, 그건 어디 있는 건가요 흔들리던 속눈썹이 나를 떠나면 가득한 처녀자리 은하단이 곁에 내려와요, 낭만적인 테이블은 달그락달그락 안부를 묻는군요 문이 열리고 거대한 문어군과 악수하죠 당신도 닫힌 성운에서 치료받는 중이군요? 함께 앉으면 어디 있는 건가요, 내 마음, 모노레일에 실려 서랍에 닿았다가 거두어지는 소리, 파산한 장난감 공장에 종일 비 내리는 소리, 별들의 연주가 리본 테이프처럼 날 감싸고 흘러요 내 마음속 오래 감추었던 광물 샘플들, 앤티크 브로치를 보여주죠, 우주의 시간과 지구의 시간은 다르다네 랄랄라, 문어군 사라지는 노래를 들으면 멈춰 있던 케이블카가 다시 움직여요 밤의 궁전에 불이 들어와요 오늘은 여기도 별 같군요 난 왜 세계를 이렇게 떠도는 걸까요, 낮엔 햇빛을 흡수하고 밤엔 땅을 덥혀주는 내가 되고 싶었죠.

명함 없는 애

취한 사람, 취한 사람, 또 취한 사람…… 지나가는 사람들
만 쳐다보려니 재미가 없었지, 할 게 없어서 꺼내봤어 오늘
받은 금테 명함들, 아, 이게 진짜 성공의 냄새지! 맥주를 홀
짝이며 한 장씩 땅에 흘려버렸어

아직. 안. 왔니?

눈이 풀린 채로, 언니는 중얼거렸지 아예 정신을 놓은 줄
알았는데 살아 있었구나! 아직이야 언니, 내 대답에 그래,
오면 깨워줘, 말하며 다시 코를 골았지 나는 언니 손등을 몇
번 두드려줬어

새벽 네시, 편의점 테이블에 동기 언니랑 둘만 앉아 있었
어, 고마웠지, 정신 잃고 엎드려 있어도 거기 있어줘서 고마
워, 아까는 더 고마웠지, 언니 번개에, 하나둘 도착한 동기
애들이 술 몇 잔에 금세 필 받아서는 배틀을 시작했어

놀랐네, 층마다 수면실이랑 발 마사지기가
우린 장례식장에 수저랑 그릇 세트가 나와, 회사 로고가
찍혀서!
나 있는 데서는 서울 타워가 그냥 보인단다

명함 있는 애들 얘기를 들으며 나, 빠져들었지, 치킨 생각

— 에…… 멍하니 앉아 있으려니까 다들 그랬어

　너는 왜 아무 말도 없어, 무슨 안 좋은 일 있어?

　살짝 미소 지으며, 그럴 리가, 말하니까 동기들은 다시 얘기를 이어나갔지 지난번에는 말야, 아이디 카드 걸고 회사 근처에서 담배 피우다가 깨졌지 뭐야, 와, 너희도 금연 필수? 아니, 한 손을 주머니에 넣고 있었다고…… 와하하하, 내 표정은 점점 진지해져만 갔지, 나는 또 빠져들었어, 이번에는 족발…… 족발은 말야, 할일 없을 때가 아니라 열 일 제쳐놓고 먹을 때가 최고지, 생각만으로도 다 먹은 것처럼 울렁거려서 화장실로 갔지 언니가 뒤따라 들어와서는 어깨를 두드려줬어 미안해, 너 술 사주는 자린데 이상한 애들만 왔구나…… 내가 활짝 웃으며 노 데미지, 화답하니까 언니는 슬픈 얼굴로 말했어

　근데 너, 그애들 올 때마다 수저 세팅해주더라, 물티슈까지……너 그런 애 아니잖아?

　누가 때린 것도 아닌데, 거기서 무너졌지 훌쩍이면서 내가 물었어 나 뭐 생각하고 있는지도 다 보여?

　그럼 보이지, 아주 슬픈 생각……
—

014

방청객 마인드로는, 더이상 앉아 있을 수가 없어서 먼저
일어섰지 놀란 애들을 놔두고, 언니랑 같이 일어섰어 그리
고 편의점, 우린 맥주를 더 먹었지 언니가 쓰러질 때까지 더
먹었어 어디선가 치킨 냄새가 나고…… 치킨 냄새만 맡으
면 왜 난 눈물이 날까, 혼잣말을 하려니까 언니는 엎드린 채
로 대답을 해줬어

　고마운. 거지. 네가 시키면. 언제든. 오잖아.

　마침내 대리 아저씨가 도착했지 언니를 부축해 언니 차에
태우니까 언니가 정신을 좀 차렸지 언니 차 바꿨구나? 내가
말하니까 언니는 웃으며 끄덕였어 내 볼을 토닥이다가 나를
안아줬지 그러고는 내 손에 뭘 주었다

　언니가 떠나고 손을 펼쳐보았어 오만 원짜리 두 장……
언니…… 나는 언니가 사라진 쪽을 바라봤지

　깜짝 놀랐어

　나도 모르게 언니 복을 빌고 있었다.

모르는 일

　설마 그럴 리가 있을까? 아닐 거야, 뭔가 근사한 것이, 있을 리는 없겠지만 아예 없을 수는 없는 거야

　지난달까지 사무실이 꽉 찼었다 직원들이 모니터만 들여다보느라 누가 지나가도 귀도 쫑긋 안 했어, 일벌레들, 이정도로 달려들어야 책상을 내주는구나, 상담 주임한테 신규애들을 세 명이나 받으면서도 난 직원들을 바라봤어 아이디카드도 걸고, 자판을 두드리는구나

　막 볕이 들 때의 테라스에서 레몬케이크를 한입, 넣는 사람들

　나 좀 끼워줘요, 말을 못했지 그런데 오늘은 달랑 직원 한명, 누구 없나요? 소리치면 메아리가 돌아오겠어, 이거 십오층 사무실에서 흔들바위를 만나겠어, 다들 기관지가 찢어지도록 외쳐대다가 제 갈 길을 가버렸대 이렇게 큰 회사 사장이 도망갈 때까지 아무도 몰랐대 그것도 학생 엄마가 전화 줘서 안 일, 선생님, 그 회사 전화가 안 돼요, 회비는 벌써 입금했는데……

　좀벌레처럼 걷다 노래져서는 자꾸만 화단에 앉아버렸지 톨 사이즈 커피랑 핫식스랑 섞어 먹고야 정신을 차렸어 시럽이랑 생크림까지 가득 올려서는, 한 번에 쏟아부었어, 학

생 엄마한테 전화가 또 왔지 선생님, 그래도 우리 애 이번
달까지는 해주실 거죠? 멍해져서는 으음 으음 더듬으니까,
선생님, 아니 그럼 우리 애는 누가 책임질 거예요, 굉장하네
이거, 내가 이 회사 직원도 아닌데, 어쩌라고, 나도 모르게
중얼거리니까 지금 누구한테 뭐라고 한 거냐고 아줌마는 나
를 물고 놓아주질 않았어

(기다려요 제발, 사무실에 왔으니까)

피해자 명단에 사인하래 이름이랑 폰 넘버랑 적어두면 된
대 점심엔 KFC를 먹었나봐 치실을 써도 안 빠질 것 같은 닭
고기가 아저씨 이에 꽉 차 있었어 저걸 다 어째, 내가 계속
서 있으니까 뭐요? 아저씨가 틱틱거렸지 저, 두 달 치나 못
받았는데…… 설마 이걸로 다예요?

아저씨는 담배를 꺼내 물며 코로 말했지

내가 어떻게 알아

덜덜덜
알 수는 없지만
터질 듯한 에네르기다, 라고밖에는.

017

일대일 컨설팅

너무 몰두해서 속 쓰린 사람도 있을까 역류성 뭐라든가 하는 거, 자꾸 입으로 뭐가 넘어와서, 제발 내 입에서 나가줄래요? 부탁해도 들어주지 않았어

분명 아랫배가 단단해졌었는데, 컨설팅 듣고 나올 때까진 주먹에 힘이 들어 있었는데, 카페까지 오는 동안 벌써 약기운이 떨어졌나봐, 아님 머리에 저체온증이 온 걸까, 우뇌야 일어나, 제발 일어나라구

'맥주잔을 나르면서/저는 매주 두 번 시설의 아이들과/휴학한 뒤 육 개월간/호주 대륙을 횡단하였고/지구를 위협하는/철저한 서비스 정신과/워렌 버핏에 따르면/위험이 올 때마다/저돌적으로/감사하고/미래가 점점……'

아, 이건 뭔가 구조적으로 미래가 없는 말들

오 년 전 밑바닥까지 더듬었는데 나를 소개할 게 없었어 난 밥 먹고 잠만 잤구나 새벽 두시에 치킨 먹다가 운 것밖에 생각이 안 나, '참다운 멘토는 없다. 모든 인간은 스스로에게 멘토' 강사 아저씨가 해준 말을 다시 새겨봤지, 혀뿌리에서 씀바귀가 자라나봐, 뭐가 이렇게 자꾸 넘어와, 책이라도 뒤적일까 이제와서 언제 뭘 읽어, 그래도 나만의 크리에이티브가 나올 때까지 너를 포기하지 마

'덜컹거리며 국경을 넘었다. 창밖 세계가 뿌옇게 흐려졌다. 오래된 가방에서 심해 생물 모양의 향수병이 열린 것 같았다. 처음 맡아보는 매혹. 나는 그때부터 마음이 아파오기 시작했다'

그래 이거야!! 여행사 카피가 내 것보다 더 썼구나, 좌뇌를 더 썼어! 잡지를 덮고는 다시 시작했지 '당연하지 않은 걸 쉽게 믿어버리는 스스로를 믿지 마라' 강사 아저씨가 마지막에 해준 말, 밑줄 다섯 번을 치고 노트북에 달려들었어 '저에게는 꿈이 있습니다 국경을 넘어서 매혹의 향수 판매원이……' 못살아, 척 봐도 건질 게 없는 말들, 두 번 읽으면 무시무시하게 텅 비어 있어

다 드셨으면 치워드릴게요

앞치마 두른 여자애가 웃으면서 내 잔을 가져갔지 한 모금은 남았는데…… 돈 줄 테니까 나한테 좀 팔아요, 아직 남아 있는 그 친절함을 나한테 좀 떼어줘요…… 다른 손님 애들, 노트북을 들여다보면서 뭔가 하고 있었지 저러다 빨려 들어가겠어, 농축 포도당 맞은 사람들, 서커스단 불붙은 링처럼 타오르고 있어!

― '그때부터 저는 마음이 아파오기 시작했습니다 야마하 드
럼 세트라도 있으면 막 때리고 싶을 정도로요'

거기까지 겨우 써놓고 보니까 알았다
내 머리는 이제 살리기 어렵다는 걸.

―

넌 왜 말이 없니?

피부가 거칠어져서요, 모이스처 리무버로 입술을 닦다가 내가 바람에 날아가지 않을까 창문을 모두 닫느라 그렇죠, 벙어리장갑을 목에 걸고 거스름돈이 부족해도 말을 안 해요, 타이머가 돌아가면 오븐에서 재가 되는 말, 타이머를 맞추기에는 너무 작은 손, 힘이 없어요 당신이 나에게 실망하셨기를 바라요, 두 번 세 번 타자기로 정리해도 입을 열면 사라지네요, 있었다고 믿을 뿐인 나의 이야기, 가끔 내 말소리에 내가 놀라요 후추나무처럼, 수줍은 후추나무처럼, 철지난 바닷가에서 우둘두툴 조개껍질을 손에 쥐고 난 이불을 덮죠 아무것도 빼앗기기 싫어서 입을 지운 채 앙금을 만들어요 팥앙금, 밤앙금, 허니머스터드와 말린 과일도 넣고(편리하지만 죽어가는 농담도) 졸이고 졸여 멋진 잼을 만들어요 그런 게 내게 있다고 사람들을 속이기로 해요 미니 증기선을 타고 하루종일 돌아다녀도 고기를 못 잡아요 산호 보석도 없어요 난 자주 흔들리지만, 살 수 있고, 이제는 너무나 많이 지워졌지만.

대학생 멘토링

 너네 엄마가 딸기를 씻어줬지, 올해 저도 처음 먹어요, 너는 문제를 풀다 말고 딸기를 흡입했다, 그거 나 먹으라고 준 거 아니니? 난 고작 두 개 먹었는데, 입맛만 버렸구나 너 먹는 걸 지켜보다가 포크를 내려놨어

 그런데 아까부터…… 밖에 고양이가 있나봐, 고양이가 술 취한 아저씨처럼 울어

 포크질이 멈췄지 네가 조용해지니까 고양이 소리가 점점 더 잘 들렸어 이 밤중에 어디야? 저 소리를 다 듣다가는 귀에서 애벌레가 나오겠어, 내 맘을 읽었는지 너는 방문을 열고 나갔지, 그래, 아직까지는 희망이 있구나 너라는 아이

 엄마, 오늘따라…… 알아, 오늘따라 왜 저…… 이젠 정말…… 알았다구, 어서 들어가 공부……

 그럼 그렇지 정말 못됐어, 그런 걸 엄마한테 시키면 어떻게 해? 송곳니를 드러내니까 보지도 않고 네가 말했지

 ……우리 아빠예요

 집에, 아빠가, 있, 었, 어? 네, 누워 있어요 삼 년 전부터…… 아, 나는 느껴버렸네 너네 집 냄새…… 장마에 간장

022

달이는 냄새인 줄 알았는데 사실은 삼 년 묵은, 너네 아빠
몸 냄새, 입천장이 홀라당 까진 사람처럼 나는 쩔쩔거렸어

ㅈㄴ, 쪽팔려

중얼거리며 너는 문제집만 노려봤지 또 시작이구나, 없이
사는 애가 성격까지 거지같아, 이러면 넌 평생 삼천원짜리
컵밥이나 먹다가 죽는 거다 피시방에서 주는 공짜 커피나
받아먹다가 죽을 거라고, 참, 지난번에 말했구나 네 소원,
곧 이뤄지겠어 겜방에서 게임만 하다가 죽는 거

내가 말했지, 죽을 마음으로 공부해. 그래야 너도 살고 가
족도 살아

해놓고 보니 나도 못 믿을 말…… 네 아빠가 살 거란 말은
못했지 삼 년이나 못 일어났으면…… 미안, 산 사람이라도
살려면 정신 차려, 네가 장남이라며, 괜찮아 요샌 스토리니
까, 올라가서 웃자 잘하면 너 TV에도 나갈 수 있어 그러니
까 영어 풀어, 지금 이 꽉 다물고! 멋진 척 멘토링을 해줬다

아이 씨, 진짜 이런 씹

안방에선 너네 엄마가 고양이를 때리나봐, 저러다 고양이

가 벌떡 일어나겠어! 아, 폭주하면 멈출 수가 없는 아이, 이놈의 집구석, 지면 안 돼 지면 안 돼!! 나는 고개를 흔들었다 옷이 뜯어질 것처럼 부풀어오르는 너의 등을 때리며, 언제까지 어리광만 피우고 있을 거야, 응? 언제까지 어리광만 피우고 있을 거냐고!! 내 진심에 아이는

섭템버, 쎕템버라구요!!

울면서 박력을 터뜨렸다.

휴일 연장 근무

시골에서 소……를 본 적 있니? 사우나 연기 같은 콧김을 쏟아내며, 맨날 뭘 씹고 있지 그러다가 혀가 나와서는, 제 코랑 입가를 다 핥는데…… 세수일까 식사일까 두 개 다 일 거야, 저렇게 기다란 게 입속에 어떻게 들어 있는 거야!

황소 부장 아저씨는 노래를 불러댔지 낼름거리며 세 곡이나 불렀어 불개미랑 지네랑 넣어서 만든 그런 술이 있대 흰 뱀을 넣어서 만든 술을 먹으면 밤에 잠을 못 잔대, 그런 얘길 중얼거리면서, 맥주도 마시고 노래도 부르면서

따지자면 휴일에 모인 것부터 잘못, 집 없는 사람들한테 급식 봉사했으면, 그걸로 끝나면 됐는데 여긴 왜 왔어, 부장 아저씨가 목에 수건 두르고 지껄일 때부터 알아봤지 큰 회사에서 모시던 회장님 얘길 왜 여기서 하고 있어, 스프링 인형처럼 모두 끄덕여주니까 신이 나서는, 이차는 노래방에 가자고 외쳤지 집에 가면 자길 무시하는 거라고, 직원들을 다 끌고 여기까지 왔어 노래 세 곡을 다 부르더니 털썩, 내 옆으로 앉았지

너 향수 뭐 쓰냐?

혓바닥이 내 몸을 파고들었어 몇 번을 비틀어 빠져나왔지만 또 붙고 또 붙고…… 독미나리랑 생강이랑 칠리 소스를

섞어 뿌린 것처럼 뜨거워서, 간신히 직원들을 돌아봤더니 내 눈을 피했어 구해줘요, 눈동자를 움직였지만 뒷걸음질치며, 각자 청보리밭 속으로 숨어버렸어 이 사람들, 옥상에서 기합받는다더니 사실이구나

농업용 배수로에 처박힌 인형아, 그 안에 뭐가 있니? 숨이 안 쉬어지니? 나가야 하는데, 그럴 수가 없었지 밀크스킨 필터에, 얼굴을 깎고 모자이크 필터를 돌려도 지울 수가 없겠어, 그 순간

벌떡,
나는 일어서고 말았지

직립은 되지만 보행은 안 되나봐, 벌써 아킬레스건까지 독이 퍼진 걸까 마비돼서 더는 움직일 수가 없었지, 문이 바로 저기 있는데, 내가 왜 이래, 한 발만 더, 한 발만 더, 다들 우리 쪽을 쳐다봤어 틱-톡-틱-톡 이렇게 석화되는 건가, 적막을 뚫고, 부장 아저씨가 소리쳤어

야, 노래 안 부르냐? 왜 이렇게 처졌어?

분위기가 그러니까 신나는 곡으로 부르래, 그랬다가, 아니, 다시 느린 곡으로 부르랬지 (안 돼 신나는 곡 불러요!!)

마침내 느린 곡이 흘러나왔어

　……느린 곡은…… 끈적끈적한 곡……

　자연스럽게, 부장 아저씨가 내 손을 끌었지 리듬을 타기 시작했어 팀장이 캔맥주를 더 따고, 팀원 애 둘이 야광봉을 흔들었다 한 손은 내 허리에 대고, 황소 아저씨는 혀를 낼름거리며 말했지

　이것도 다 시험이야

　머리는 업스타일에, 치마 정장 하랄 때부터 알아봤어야 했는데, 정장 치마랑 급식 봉사가 무슨 상관이야, 독이 퍼져나가는 몸뚱어리로 나는 부장 아저씨랑 블루스를 췄어

　춤을

　그래, 춤을 추었지.

모노드라마

　나 말야 오래 입이 쓰고 내가 미워져 그런 날이 많아 TV를 소리 없이 켜놓고 커튼을 치고, 숨만 쉬어, 고마운 마음을 갖고 싶어 그런데도 손과 발가락은 움직이거든 친해지고 싶은 사람이 있었는데 이사를 가버리거나 맥박수가 달라서, 미안해요 시간이 없다고도 해 나는 거울을 많이 들여다보는데 내 속을 모르겠어 그럴 땐 음악을, 지하철을 타고 음악을 들으면 모든 것을 잊고 잠이 오고, 못 가는 곳이 없거든 매표소에서, 너 요즘 어때? 누가 물으면, 괜찮아요 가을이 더 깊어지기 전에 버섯을 따러 가야죠 생각하고 웃기도 해, 설명할 수 없는 날씨가 있지 변덕쟁이 같아 그렇게 말해놓고 발만 동동 구르는, 그렇게 생각해놓고 또 잊어버리는, 내 방식은 아니지만 가끔 내가 먼저 전화를 걸 때도 있지 거긴 어때요? 자꾸만 뭔가를 흘리고 다니는 기분, 옥상에서 숯불을 피우고 혼자 국수를 삶아 먹고, 내려다보면 골목길엔 아무도 없어 옆집은 차례차례 비어가고 껴안지도 못할 화분들만 늘어가 내일은 연극 한 편을 보려고 해 감정을 담은 목소리로, 요즘 어때? 같이 밥 먹을까? 그렇게 말해주는 연극, 이런 분위기, 사실 예전부터.

이기주의자

네가 싫어, 너 같은 인간이 정말 싫어

그런 눈빛이라면 한 개만 받아도 뒤로 밀릴 텐데 하루종일 이라면…… 모두가 그런 눈으로 나를 훑는구나, 끝까지 가겠다니까 조언은 더욱 쏟아졌지 그런다고 뭐가 바뀔까? 홍시가 사방에서 날아오는 기분, 축축하고 쓰라려, 감인 줄 알았는데 얼린 돌멩이였지

그래그래, 이런 게 최고의 안티에이징, 돌을 골라내면서 혼자 밥 먹고 혼자 양치하고, 탕비실로 들어가려니까 자기도 믹스커피가 당길 때가 있다고, 네가 따라 들어왔지 그때부터 쌔-했어

정말 계속할 거야?

팔짱을 끼고 선배 네가 말했지 누가 준 배역인데 그렇게 열심이니? 아, 선배 너 뒤에 과장, 과장 뒤에 사실은 부장, 부장 뒤에는……

변기 청소용 솔이나 대걸레나

잠깐 한숨을 내쉬려니까 네가 밀고 들어왔지, 미안하다는 말도 이제 안 할게, 선배는 괄호 열고 내추럴하면서도 죄책

— 감이 담긴 목소리로 괄호 닫고, 한마디를 꺼냈어

　모두가 네 눈치만 보고 있어 제발 그만하자

　새로 온 부장 놈은 노래방 중독자, 원래 있던 과장 놈은
등산 중독자…… 겨울에, 산에 데리고 가서는 막걸리에 컵
라면 먹여줘서 고맙다고, 햇빛 쏟아지는 스테인드글라스 밑
에서 울며 간증해야 하니? 과장 놈아, 나는 시들어가요 물
대신 막걸리를 먹고 내내 트림을 하도록 나는 저주받았어요

　노래방보다는 등산 중독자가 그래도 훨씬 휴머니스트잖
아

　그래, 선배 네 말을 믿고 과장 놈한테 상담했다가 여기
까지 왔지, 황소 부장 새끼 입도 손도 원래 더러운 놈이어
서…… 당장 징계 위원회 블라블라 근육맨처럼 가슴을 두
드렸는데 과장 놈, 왜 나만 피해 다닐까? 이젠 조직도 모르
고 상하도 모르는 이기적인 애, 그게 나래

　묘하게 언밸런스하네요? 나는 탁자 위에 텀블러를 내려놨
어 선배 너, 우리 팀 유일한 인간, 내가 몇 살같이 보여? 실
실거리지 않은 유일한 인간, 이제는 흙탕물에 젖은 눈사람
이 되었구나 조금만 움직이면 목이 잘려 떨어질까

—

저 동네 반찬가게도 못 가요, 아줌마가 반찬 한 개를 얹
어주는데, 이건 또 누가 시킨 건가(세상에, 농약 친 잔디
를 갈아마신 것처럼 울렁거려), 회사에서 여기까지 다녀갔
나……

몇 마디 쏟아내려니까 두둥, 선배 눈이 스르륵 닫혔지

아, 요즘 애들
정말 힘들다

넥타이를 풀더니
종이컵에 가래침을 뱉고, 선배는 나가버렸어.

극야(極夜)

　믿어지니? 아무도 미워하지 않고 하루가 지나갔다는 것,
콧잔등에 주름을 만들며 다시 더듬어봐도 믿을 수는 없는
일, 아는 사람을 만나면 돌아가고 누가 나를 부르면 귀부터
빨개지는, 나도 그런 사람이었던 적이 있었단다 이제는 누
구도 믿지 않을 말들, 산등성이를 따라 안개랑 오로라가 뒤
섞이고 있어 멜로디언 소리가 반음계석 겹치고, 완전한 밤
이 찾아왔어 속 좁은 우리의 말들도 오늘만은 모두 잠들어
버렸구나 크림, 동면, 사과, 12월, 꿀, 계단, 사라진 길, 떠
오르는 대로 말해봤어 튀김옷을 입혀서 이애들을 한입에 씹
어봤어, 끝까지 살아남아 이 밤 속으로 튕겨져나갔어 내일
을 볼 수 있을까 그런 생각도 없이 오늘 하루가 지나갔구나,
뜨거운 물을 틀어놓고 얼굴을 대면 피가 돌고, 피가 돌면 내
가 아직 살아 있다는 생각, 그것만 기억하면서 잠을 청하던
날들은 잠깐 버려두기로 했어 내가 그쪽으로 갈게! 배수관
을 타고 누군가가 초인종을 누를 것 같아 수돗물을 잠그고
기다려보지만, 똑 똑 똑 아무리 기다려도 아무것도 없는 그
런 날들의 저녁도 여기엔 없어 창을 열면 오로지 이 밤, 밤
과 속삭이며 비밀스러운 눈빛을 나누며 오늘 하루 아무도
만나지 않았다는 것, 내 영혼이 조용한 진동으로 흔들리기
를, 나라는 집으로 드나들던 모든 나쁜 영혼이 다 떠나버리
기를, 그래 이런 날도 있단다 창문 옆 의자에 앉아 밤이 이
렇게 계속되는 걸 보고 있어 삼베 테이블보를 떠올려봐 막
사온 카레빵과 병 우유 하나 올려둘게요 텅텅 라디에이터

에 따뜻한 김이 차고 있어.   —

비스듬한 밤

　바람에 이마를 맡기고, 낮아지는 먼바다와 뒤섞이는 눈
결정들의 소용돌이 안에서, 다섯 둘 그리고 하나 장갑 속 손
가락이 사라지고 있었지 한쪽 어깨부터 무너지고 있었어 너
무 모자라서 늘 많은 걸 증명해야 했지 더 많은 걸 증명하려
고 나는 모든 걸 미워했어, 밤, 가로등, 교차로의 자동차, 이
렇게 작은 사람들, 깊이 감춰둔 흑단 상자 속 얼룩진 그림책
이 펼쳐지고, 집이 올라오고 굴뚝에선 연기가 흘러나오고,
그런 풍경은 책에서만 본 것 같은데, 빈티지 헌팅캡에 파이
프 담배를 물고 영원히 눈보라 하늘을 올려다보고만 싶었어
입술빛이 흐려지고 모든 걸 걸어야 한다는 말은 무서운 말,
어디까지가 모든 것인지 알 수 없어서 발밑이 늘 허공이었
어요, 희미한 나, 발끝만 겨우 남은 나, 건물 꼭대기마다 얼
음눈이 쌓이고 있구나 날개를 접고 끝내 날지 못하더라도,
나는 지금이 영원하길 바라는 사람 하늘에서 무슨 소리가
들렸지 그 밤 속을 혼자 들여다보고 있었어.

2부

습관성 무책임

나만 버리고 나갔으면, 그러면 됐지, 왜 전화를 해?

아파 쓰러졌다니까, 니가 119에 실려갔다니까, 할 수 없이
왔지 이 새벽에 콜까지 불러서 이십 분 만에 왔어

넌 누워 있었지 나를 보자마자 수도꼭지를 틀어버렸어 한
번 틀면 안 잠기는 애인데, 네 눈이랑 입에서 쏟아지는 거,
그거 우산이끼랑 썩은 해파리 섞인 거…… 곧 애를 낳을 것
처럼 내 품에 안겨서는 엉엉 홍삼 진액 같은 걸 쏟아댔어

보호자분 오셨으면 수납부터 하고 방사선과로 가세요

버스 카드 단말기일까, 당직 간호사 언니, 삑삑삑 내뱉더
니 너보다 더 세게 우는 주정뱅이 붕대 아저씨한테 가버렸
지 내가 너의 보호자라니!! 따질 겨를이 없었어 사진을 찍
고, 너를 다시 눕혔지 오빠는? 너 오빠랑 나갔었잖아? 물었
더니 자꾸만 더 수도꼭지를 틀었지

빅토리아 시크릿, 그거 니 거, 서랍 속에 니가 고이 모셔
뒀던 거…… 넌 앞으로 육개월은 살 빼야 입을 수 있던 거
(미안), 그거까지 훔쳐 입고(미안) 나갔는데, 아, 갈비뼈에
금이라니…… 오빠가, 오빠가……

뭐? 설마…… 설마?!

수정아! 수정아!!!

니네 오빠가 응급실로 달려들어왔지 네가 비명을 지르고, 어디서 이런 캐릭터가 나타난 걸까, 잘못했어, 이 오빠가 무조건 잘못했어! 니네 오빠는 너한테 달려들었지 무릎을 꿇고 바닥에서 난리를 쳤어 넌 침대에 서서 맞받았지, 제발가, 여기가 어딘데 왔어? 이를 깨물고, 떨면서는 난리를 쳤어 머리에 링거를 꽂은 옆 침대 애기가 뒤로 넘어가고, 간호사랑 경비 아저씨들이 닥쳐들고

그동안 죄만 짓고 살았어 모두에게, 모두에게!! 넌 알지? 수정이 친구니까. 넌 알지?

병원 구석 벤치에 앉아서도 니네 오빠는 고개를 숙이고 있었어 너를 영원히 기다리겠대 '뭐 막상 또 보니까 그리 나쁜 사람은 아닌데……'라고 생각해줘야 할까

하도 징징대서 오빠 어깨를 두 번만 토닥여줬지 이제 너, 자수하는 게 나을 텐데…… 오빠는 슬쩍 고개를 들었어 물이 나올락 말락 옴찔대는, 은빛 샤워기 눈빛, 아 이런, 보안등 밑에서 풀벌레 소리랑 오빠랑 앉아 있으려니 니네 오빠

— 의 마음이 아무렇게나 뻗쳐대고

    슬쩍
    니네 오빠가 내 손을 잡아왔지

    너를 버릴까
    니네 오빠를 버릴까
    고민을 안 한 것도 아니지만

    어쩜
    이 말도 못할 생식샘의 노예 종자 녀석을 어떻게 하나.

—

웨딩 촬영 후기

친한 애가 나밖에 없어서, 내가 아니면 안 된대서

그래서 왔는데, 못 보던 애들이 있었어 세 명이나, 먼저 인사하기도 그렇고, 모른 척하기도 그런 애들

누군데 저런 애들 모아놨어? 눈인사를 건네니까 언니가 말했지, 동창 애들, 오니 골쎄, 오디서 들옸는지 지돌이 다 옸지 모야, 언니는 메이크업을 받느라고 입도 크게 못 벌렸어

손이 많이 모자란다고 베일을 날려주래 베일을 많이 날려야 언니가 예뻐진대 팔이 뻐개지도록 흔들었는데 돌팔이 아냐? 겨우 서너 장 건졌지 더 흔들다보니까 다들 쉬러 가고 나만 흔들고 있었어, 언니 가방에서 컬러 렌즈를 가져오라길래 메이크업실에 들르니까 거기 앉아 있었다 동창 애들, 언니 부케랑 화관을 지들이 쓰고 셀카를 찍고 있었어

먹을 거를 나눠주래서 내가 나눠줬어 형부랑, 실장님이랑 헬퍼 이모랑, 조수 애까지, 동창 애들은 니들이 가져다 먹든가, 내가 팔이랑 다리를 주무르고 있는 사이 언니랑 동창 애들이랑 계속 사진을 찍었어

두 시간이면 끝난다더니, 세 시간이 지나고, 과외하는 애

— 한테는 전화를 했지 쌤, 한 시간 전에 전화하는 게 어딨어요? 담주가 시험인데 날짜를 또 언제 빼요? 누가 선생일까, 미안해 아가야

　형부도 미안하대, 자기들도 처음이라 이렇게 오래 걸릴 줄 몰랐대, 그랬겠지, 이제 겨우 세번째 화이트 드레스, 캐주얼까지 찍어야 하는데…… 도망쳐서 화장실로 왔지

　생각해보니까
　별로
　친한 것도 없는 언니

　한결 투명해진 얼굴로, 나는 손을 씻고 거울을 봤어 아, 살아 있구나 디테일이, 지난주에 데려온 이 아이들, 목걸이랑 원피스가 너무 잘 어울려서, 아아, 오늘 이 아이들이라도 없었으면

　그거 어디서 샀니? 동대문? 고속터미널?

　누가 파우치를 꺼내 들며 턱으로 알은체를 했어 오염 지역에서 흘러온 것 같은, 동창생 중에서도 제일 왕언니 같은 언니 동창이 알은척을 했어

—

누구세요?

동창 애가 벙쪄서 나를 봤지

죄송요…… 제가 안면인식장애가 있어서

그대로 화장실을 나오니까
조금 힘이 났다.

오작동

집에 가고 싶어요

몇 번을 말했는지 몰라 근데 자꾸 바람을 쐬러 가재, 남산에 자기만 아는 뷰 포인트가 있대, 내가 거길 왜 가요 말해도 들어주지 않았지 간청하고 간청할수록 터틀넥에 얼굴을 구겨넣는 기분, 들어갈 수 없는 걸 구겨넣으려면 방법이 있지 어깨를 꺾고 목을 접어서 넣으면 되지 근데 왜 이렇게 밖이 안 나와

남산에 이런 데가 있구나 무슨 건물 뒷마당에 숲만 우거져서는 길도 보이지 않았어 차가 멈추자마자 뛰어내리려니까 팔목을 잡혔지 아파, 새끼손가락을 삐었나봐, 등에도 골이 있다는 걸 오늘 처음 알았네 거기로 땀이 흐르고, 선팅 필름까지 까맣다면…… 누구도 우릴 볼 수 없다는 뜻

나한테 왜 이래?

그게 뭔 말이야, 내가 할말을 왜 네가 하고 있어 직원 네명 중에 내가 막내, 외근 나갈 때마다 옆에 앉히려길래 그정도는, 해줬지 터널 세차장에는 왜 데려가…… 커피 두 번 사주었다고 내가 당신을 사랑해야 하는 것이 아닙니다, 난그저 내 명함 한 통 다 써보고 싶은 거예요 아침에 어디 갈데가 있고 저녁에는 내 책상을 정리하고…… 이번에는 나도

다리가 발목까지 부어서 실려갈 때까지 일 좀 해보고 싶은 —
거예요, 아무리 설교를 해도 물러날 줄을 몰랐어

　니가 나를, 남자로 만들어

　정신이 제대로 헐어버렸구나…… 벼락을 안 맞으니까 세
상이 잘만 돌아가는 것 같니?! 내 계정으로 사진 몇 장 봤다
고 당신이 나를 아는 것이 아닙니다 엄마가 부적까지 넣어
줬는데, 올해부터 드디어 꽃가마를 탈 거랬는데, 캡사이신
양동이에 얼굴을 빠뜨린 것처럼 열이 나, 쿨 앤 나이스, 쿨
앤 나이스!! 세상에 그런 건 없겠지 난 빨리 집에 가서 풋크
림 잔뜩 바르고 양말 신고 자려고 했어 수분 마스크팩으로
하루를 마무리하려고 했다구 그게 그렇게도 잘못이야……

　목까지 달아올라서는 어느덧 네 손이 내 허벅지로 올라왔
지 그 위에…… 내 손을 겹치면서 물었어

　그럼 대리님은 날 얼만큼 사랑하는데요?

네 얼굴이 잠깐 움쩔했지

뭐라도
생각해야 할 것이 있는 것처럼.

소풍

    화관을 장식했던 꽃이 머리칼을 떠나고 나는 몇 방울 물 방울이 될 때까지 웅크려보기로 했다 엄마는 영 입맛이 돌아오지 않는 밥상, 홀로 상보를 덮었다 들었다 하겠지만 나는 낯선 역을 지날 때마다 기나긴 저녁이 되어갔다 독서등을 켜고 책장 여백에 글자들을 적고 있으면 쌓인 나뭇단 사이에서 미처 빠져나오지 못한 새의 지저귐, 열차가 바오바브나무의 거리를 가로질러가는 동안 말없는 눈동자 가득 뿌리내린 뱀풀들이 흔들려 손을 흔들어주었다 나는 잠결인 듯 뒤채는 소리를 내었다 모종삽으로 잘 파묻어주세요, 무지갯빛 엽서를 꺼내 손바닥 도장을 찍었다.

12월 31일

와줬구나, 보고 싶었어 정말

속삭이며 네가 나를 꽉 안았지 '거짓말이라도 고마워 우
린 둘도 없는 단짝(오늘만) 다른 애들 몇 번 찔러봤다가 다
안 된 건가봐?' 하는 말은 접어뒀지 오늘은 나도 기다려졌어
옷에 털 묻히는 그런 애들 말고 그냥 털 없는 두 발 사람이

대체 은정이가 어쨌는데?
글쎄, 그 페이소스 쩌는 애가

이런 날 이런 얘기할 줄 어떻게 알았겠어 너는 금세 눈가
가 촉촉해져서는 커피를 새로 시켰지 정말 모르겠어 모르니
까 더 재미있겠는 얘기

그냥 웬 남자 사진을 보여주길래

주길래? 좀 고지혈증 있게 생겼다고 말한 게 전부인데, 그
걸로 입을 닫고는 톡 하나 없단다 지금까지…… 너 정말 몰
라서 묻는 거야? 말해주려다가 네 손을 잡았지, 은정이, 나
한테 잠깐 붙었다가 너한테 간 애, 나랑 있을 때도 그렇게
말썽이더니 너한테도 그런 애였던 거야 가엾어라, 넌 글썽
이면서 나한테 손을 맡겼지

— 들어오지

마세요

이대로 좋으니까요

깔깔깔깔 한참을 떠드느라 우린 정신 못 차렸어 새해맞이 특선 샌드위치랑 벨기에 와플이랑 시켜서는 잘도 나눠 먹었지 그래서, 사과를 했는데도 안 받아준 거야? 그니까, 내가 얼마나 문자 길게 보냈는지 알아? 달아올라서는 네 폰을 같이 들여다보는데 진동이 왔어

'은정이'

뭐야, 번호 지웠다면서……? 너는 황급히 전화를 들고 카페 밖으로 나갔지, 받으려면 어디 멀리 가서 받든가…… 네 표정이랑 입술이 다 읽혔어 모르고 싶은데 모를 수가 없도록! 넌 들어오자마자 외쳤지 벌벌 떨면서

세상에, 은정이 결혼한대 지금 청혼받았대!!
그 고지혈증 남자랑?
네가 어떻게 알아?
너…… 정말 몰랐어?

—

손에 폰을 든 채로, 너는 아무 말도 없었지 뭐라 대답할까
고민하다가 그 자리에서 오 년은 더 늙어버린 얼굴, 걱정 마
나도 너 따라 늙는 중이야 실은 너 얘기 처음 들었을 때부터
촉이 온 얘기, 결말이 별로 안 궁금한 얘기

　우린 옷을 챙겨 입었지 이제 할 것도 없고…… 내가 가장
기뻐해줄 것 같아서 제일 먼저 전화했대…… 우리 어디 타
로점이라도 보러 갈까? 내가 물었지만 손을 쓰기도 전에 허
공에서 녹아버렸어

　청혼이라니
　이상하게
　고상해서 기분 나빠

　훌쩍대는 너를 겨우 부축해서 밖으로 나왔지 내가 펑펑
놀기만 한 것도 아닌데, 왜 나만, 왜 나만!! 중얼거리는 너
를 더 바싹 안아주며, 그러지 마, 우린 죄가 없단다…… 그
치만 말하면 말할수록 몸이 더 떨려서…… 이제 우리 다시
만나지 말자.

12월

강아지야 강아지야, 망토를 둘러줄게 내게 눈길 주지 않
은 그 사람의 심장을 훔쳐와

난 머플러로 얼굴을 가리고 이 겨울을 견뎌, 이렇게 입김
가득한 날 사람들은 어디서 차를 마실까 호탄, 호탄이라는
도시에 열차는 도착해, 거기서 메리메리크리스마스 티를 살
거야 시나몬과 사과향이 너무 강해서 당분간 코가 막힐 염
려는 없다는구나, 누구나 이 겨울을 안고 걸어갈 거야, 핸
드 드립의 커피 향을 찾아 걸어가는 걸까? 하루종일, 엽서
북을 사서 나를 기억하는 모두에게, 올겨울은 타코야키 미
니 트럭이 많아졌으면 좋겠어요, 라고, 이 겨울의 마지막 밤
엔 우리 세팅 놀이를 하자, 팝업북을 펼쳐놓고 물위에 향초
를 켜놓고 잔을 부딪치는 거야, 맨날 이런 생각만 해서 친
구가 없는 건가봐, 여름내 재봉틀을 돌렸고 손뜨개 모자를
열 개나 완성했고 아침엔 구세군 냄비에 넣고 왔는데 박수
를 받진 못했어, 캡슐에 담긴 시계들이 흔들려, 또 어떤 날
엔 아트 카를 타고 얼굴도 없는 겨울이 지나가, 없는 것이
구원인 날들을 견디며, 깊이 내려가면 잠길까봐 피카피카
날들을 건너가.

사랑의 인사

겨울이 올 때까지 땅의 온기를 느끼며 엎드려 있었다 따뜻한 아랫배를 가지면 뭔가 좋은 일이 일어날 것 같은 예감, 따가운 모래를 걷어내면 가보지 못한 나라의 일몰을 배경으로 한없이 걸어가는 친구들이 떠올랐다 죽은 매미의 날개를 떼며 주문을 외웠고 솎아내도 올라오던 여린 상추처럼 뿌리내리고 싶었다 편도나무 종려나무 유칼립투스, 톡톡 알은체를 하던 뚱보 여자애에게 지리부도를 넣어주고 꿈을 팔았지만 여자애는 침을 흘리며 먹던 빵을 건네줄 뿐, 모래와 진흙이 뒤섞여 흘러갔다 억새가 모두 파묻힐 때까지 새들이 낯선 땅 위를 두리번거릴 때까지, 바람은 천천히 굴뚝 환기 날개를 돌리기 시작했다 나란히 세워둔 흙인형이 쓰러지고 켄트지 위에 말라가는 수채 물감처럼 나는 조금씩 살이 터갔다.

호러 2
─클럽 하우스 레스토랑

언니! '새우와 허브를 곁들인 갈릭 프라이드 라이스'요
리가 식고 있어!

퍼뜩, 언니는 정신을 차렸지 통유리 전경에 빠져 있다가
겨우 돌아왔어 말이 되니 진달래랑 페어웨이가 저렇게나 앙
상블한 데는 처음 봤어! 킥킥 웃으며 언니가 수저를 들었어
너도 얼른 들어 '유기농 표고로 만든 스파이시 버섯 탕면'
을, 흣, 나도 고개를 끄덕이며 언니한테 웃어줬지

좀전까지 우린 불꽃이 튀었어 언니는 오 분마다 나를 몰
아댔지 땜빵 어시한테 너무 시킨다 언니? "사모님은 오른쪽
얼굴이 더 잘 받으시는구나" 언니가 툭툭 말을 던질 때마다
클라이언트 얼굴이 화전처럼 익어갔어 죽이 너무 잘 맞아서
는, 클라이언트가 언니 대모님인 줄 알았어

그만해 언니, 완성 컷이 나왔는데 뭘 또 찍어?
피사체가 OK를 해야, OK지?!

던진 걸 주워먹느라 피사체는 OK를 할 줄 몰랐어 VVIP
룸이랑, 로비랑, 다시 프로 숍이랑, 어디서 찍어도 같은 얼
굴…… 배경은 날릴 건데…… 내 말은 믿지도 않았지 피사
체는 재킷을 네 번이나 바꿔 입었다 저러다 목욕 가운까지
걸치고 나오겠구나

오 분 쉴 때 언니한테 속삭였지 죽겠어 언니, 이러다 우리 영화 찍겠어! 조용히 좀 해줄래? 나도 죽겠으니까…… 죽겠으면 언니만 그러면 되는데 자꾸만 일을 시켰지 차에 가서 뭘 더 가져오래 혼자 들면 인대가 고무줄 될 것 같은 장비들, 집에 그냥 가버린다니까 언니가 복도 끝으로 끌고 갔지

유치원 놀이 하니?

골프공으로 맞은 것처럼 땅, 했어 화장실에 들어가 살짝 울었지 세상도 모르고 아무것도 모르는 어린애…… 그게 나…… 그래, 몰랐어 언니가 업자가 된 줄은 정말 몰랐어 난 동네 언니로 알았는데……

그런데 이 모든 게 말야, 오늘 모든 일들이 말야

여기서 이런 음식을 먹으니까 다 용서가 돼 그렇지 않아 언니? 내가 먼저 접고 들어가니까 언니가 격하게 다가왔지, 그니까 말야 여기서 꼭 널 먹여주고 싶었어!! 아일랜드 스타일 아니니? 벨파스트 대성당 스타일! 맞아 언니, 난 화장실에서, 핸드크림이랑 낱개 포장 면봉이랑, 기념으로 모셔올 뻔했잖아 전면 유리창 뷰랑 헤어지기 싫어서 우린 한참

을 더 떠들었지 나도 컨디션이 좀 돌아와서, 좋은 것만 기억하기로 결심했어

무슨 소리예요? 연락 못 받았다니?

사모님이, 전화해놓을 테니까 내려가서 그냥 먹으랬는데, 계산대 매니저는 들은 게 없대 전화라도 해보세요 …… 안 받는데요? …… 언니는 갑자기 두통이 왔는지 눈을 감아버렸어 눈썹까지 파르르 떨면서…… 언니, 그러다 멘탈 나가겠어 그냥 언니가 내면 어떨까? 내가 속삭이니까

우리가 왜? 이건 너무 불공평하잖아!

맞아, 어떻게 이렇게 불공평할 수가 있어!! 맞장구는 못 쳐줬지, 그만 여기서 나가자 오늘 본 거 다 못 본 걸로 할게, 언니의 팔을 잡아끌었지만 언니는 움직이지 않았어 휴대폰을 귀에 대고 손톱 물어뜯는 언니를 계속 지켜봤지, 이러다 귀신 되겠어 우리 둘은 영원히 웃으면서 밥만 먹어야 하겠지…… 뭐가 자꾸 흘러나와…… 아까 화장실에서 흘리다 만 건가……

믿을 건
언니밖에 없다고 생각하니까

멈추질 않았어.

리폼 스토어

고양이가 끙끙대고 있지 한 뼘 정원에 앉아 글자판을 치고 있지 글자들 올라갈 때마다 말풍선에 담지 데코레이션을 하지 쓸고 닦아 장미까지 그려넣지, 벌레가 가득한데 곤돌라에 태워 고지대로 올려보내지 벼락을 맞고 검은 자두들이 후드득 떨어지지, 고양이 치마에 그걸 담아오지, 자두인 줄 알았는데 돌멩이지, 돌멩이인 줄 알았는데 귀 접힌 공벌레지, 비가 오나? 알고 보니 바둑돌들, 끝도 없이 쏟아지지 그걸로 퀼트를 짜야 하지, 퀼트 옷을 껴입고 세끼 밥을 먹어야 한다지

고양이는 웃지, 고양이는 아무것도 못 먹지, 망가진 글자판, 옷이 무거워 나날이 말라간다지, 의자 밑엔 풀들이 자라나고 깡마른 생쥐들이 몰려나와 한바탕 연설을 하지 말들만 너무 많지 오카리나를 불어 잠재우지, 재를 섞어 정원에 파묻어버리지, 그런 자리를 많이 알고 있지, 다크서클이 진해지지 온몸이 녹아 자꾸만 사라지지 너무 사라져서 길눈까지 잃어버리지, 화살표가 이렇게 많은데 양갱을 두 개 먹어도 끝내 길은 못 찾지, 뭐가 박혀 있나? 가슴을 열어보면 거기 썩은 튤립 구근 같은 거, 잘 껴안고 예뻐하면 정원 가득 채울 수 있을 줄 알았는데

바둑돌 퀼트 옷을 풀어서 스타킹을 만들지 비비드한 컬러를 덧칠해주지 기러기 날아가는 소리를 들으며 언젠가 이

정원에서 우리 옛날이야기를 해요 그런 날이 정말 올까요? ─
튤립 껍질들을 부엽토랑 섞으며, 혼자서 말하지 정원을 가
꾸며 고양이는 양갱을 하나 더 먹지, 좀 있다가 카모마일 차
를 마실 거지, 이후엔 아무것도 안 먹을 거지, 그러면 더 나
은 고양이가 될까 궁금하지.

독수리 성운의 캐치볼

버튼을 눌러 심장을 검사하자

심장을 살리려면 인형을 삼킨 채 아무에게도 전화하지 않은 날의 너를 안아줘야 할 텐데 나는 걸었지 물방울이 가로막고 흐린 전류 공기를 달구는, 구름 속, 거기 내내 이쪽을 쳐다보지 않던 사람들을 기다렸던 곳, 길게 눈을 감으면 (불을 밝혀 악보를 필사하던 어느 밤의 스며듦) 손끝이 저려와, 전류가 통하고 네가 들려준 이야기를 노래로 만들자 귀마개를 쓰고 하얀 식탁 위에 엎드려 깨어날 줄 몰랐던 날들의 너, 발전기를 돌려 네 작은 통나무집까지 마음을 실어보내자 밤새 졸인 시럽을 바르고, 나무는 재로 부서졌지만, 외발자전거를 타면 길들은 헝클어질 거지만, 가느다란 실이 너에게 갈 때까지 고개를 기울여 간지러운 이야기를 흘려보내자 자명종이 울려도 깨어나지 않고 아무도 모르게 거기 철제 침대 위, 눈에서 모래를 흘리며 잠든 너의 가슴에 귀를 대고 너의 심장 소리를 들어볼게.

언덕 위 단풍나무 집

　계단을 지나고 모퉁이를 돌아, 박공지붕을 따라, 걸어 올라왔어 이리저리 모여 있는 이파리들 바스락거리는 골목을 따라, 지금 어디를 보는 건데? 하얀 운동화 발자국 따라 머플러가 날아가고, 그림자를 보고 있지 희미하게 들려오는 망치 소리를 따라 자꾸만 열리는 계절 속에서, 그런 걸 듣고 있구나 단풍나무를 올려다보면 담장 너머 사람들은 마당에 테이블보를 깔고 두런두런 무슨 이야기를 할까 발끝이 길어지고 있지 눈을 감고 고개는 비스듬히, 잔디 깔린 마당에서 둥근 벌레들이 날아다니는 소리가 들린 것 같아 부—웅 휘어지는 햇빛 같은 것, 하지만 지금 여긴 얼굴이 팽팽해지도록 선선해진 공기, 난 조금 더 똑똑해진 것 같아 예전보다 생각이 깊어진 것 같아, 비가 그칠 때까지 비를 보면서 앉아 있었던 그날의 창가, 기분들이 퍼져나가고 있지 이 골목의 끝까지 아꼈던 것들이 흘러가고 있어 길이 멈추면 겨울이 오겠지 언덕 너머 보안등 몇 개가 켜질 거야 저녁 파랑이 풀려 투명하게 번져간다 하늘, 장미꽃 덩굴에 파묻혀 웃던 사람, 머리끈을 입에 물고 웃던 사람, 그 사람이 남기고 간 머플러를 건네주러 왔지 언덕 위 단풍나무 집에도 곧 천장 높은 겨울이 온다는 소식, 골목을 따라 도란도란 내려가던 두 사람이 있었어.

3부

잃어버린 시간들의 밤

지금은 눈이 내려 자전거 바퀴도 잠들었어요, 난 서랍에서 아끼던 튜브 물감을 꺼내 이 밤의 얼굴을 그리죠 튜바와 호른의 합주가 세계와 나 사이에 만든 길, 나는 장미 정원을 찾아가요, 눈 쌓인 고개, 넘지 못한 버스에서 내려 길을 오르며, 난 어쩌면 이 세상을 간절히 원한 것은 아니라는 생각, 그런 생각을 할 때마다 베네치아 축제 가면을 쓰죠 선인장 과즙 발효술을 먹으면 마침내 피곤에 지쳐 나의 육신은 희미해져가요 친구들이여 나를 불쌍히 여기지 말아요 내 심장에 화살을 던져요 나는 내 영혼이 담긴 향수 병만을 손에 들고 한 호흡이 다음 호흡을 부를 때까지 겨울 세계에서 요정들과 춤을 추었거든요 내가 안다고 생각했던 밤이 흔들려요 나는 밤을 닮고 싶지만 결국 밤이 될 순 없겠죠 지금은 눈 내리는 밤, 술을 마시고 합주를 들어요 월계수를 넣고 카레를 끓여야겠어요 눈 내리는 밤은 점점 인간이 되어가는 것 같거든요 향수 병은 깨어지고 내 향기도 짙어지겠죠 카레를 먹으며, 삶도 사랑도 죽음도 미움도 알지 못한 채, 눈 내리는 소리에 귀를 기울이죠 장미 정원은 너무 멀어서 오늘 안에는 도착할 수 없을 것 같아요.

송별회

어쩌다 이런 날 걸려들었을까?

손님들이 다 떠난 가게, 셔터를 내리고 우리는 둘러앉았
지 주거니 받거니 잔을 비우다가 매니저 아저씨는 폰을 꺼
내들었어, 됐다고, 글쎄 엄청 됐다고 웃어줬는데도 내 옆자
리로 왔지 딸 사진을 들이대면서 한 번만 봐달래, 못생겼
지? 그 말을 자기 입으로 하면서

정말 미안해, 아가야! 뜯어보니까 너네 아빠를…… 호되
게도 닮았구나…… 마음이 너무 아파서 아저씨 술잔을 채
워드렸지 아저씨는 엉덩이를 붙여 앉았어 이대로 사진첩을
모두 털 생각일까, 오늘의 주인공 건너편 여자 알바 애는 자
기 폰이랑 합체한 지 오래

계곡이 제일 싫어, 벌레가 많지
맞아!
게다가 물건들이 다 떠내려가잖아?
맞아 맞아!!

우린 제법 말이 통했는데…… 제발 같이 남아달라고, 오
늘 같이 안 남아주면 무슨 일을 당할지도 모른다고, 네가 애
원해서 남았지만, 이 아저씨, 왜 나한테만 달라붙을까, 이
번엔 아내 얘기를 쏟아내며 젖어들어갔다 메이드룩이라도

입어야 할까봐, 세상에! 어쩜! 어떻게 그런 사람이랑 살아
요! 맞춰줄수록 증발되는 영혼, 머릿속에 시뮬레이션을 돌
렸어…… 몽골 대초원…… 가도가도 끝없는 벌판…… 오
직 홀로인 나여…… 나까지 이계로 넘어가려니까 아저씨는
갑자기 바지를 벗기 시작했지

  악!!!

  쇼크받아서, 펄쩍 뛰어서, 곧 떠날 알바 애한테 달라붙었
어 매니저 아저씨는 길게 한숨을 쉬었지 앉으라고 우리들한
테 손짓을 하더니 이번에는 자기 바짓단을 걷기 시작했어
저게 뭐야, 종아리에, 털 난 회충 같은 것들이 뒤엉켜서는!

  내가 말야, 응, 이렇게 열심히 살았어

  양쪽 바짓단을 다 걷어올리고, 고개를 파묻고 울다가, 아
저씨는 벌떡 일어나서 원샷 했지 먹는 거보다 흘리는 게 더
많아, 여기가 무슨 동물 농장도 아니고…… 저게 대체 뭔
데? 이제 떠날 여자애가 검색한 걸 보여줬지 종일 서서 있
는 사람이 걸리는 병…… 우리가 무슨 죄가 있다고 이러는
걸까, 그냥 우린 이 가게에서 일하는 것뿐인데

  열심히 살아라, 이것들아! 응? 열심히 살라고!!

아저씨 눈에 빨간불이 들어왔지 저러다가 거품 물고 승천
할 것 같아, 열심히 살라는 사람이 제일 무서워…… 세컨드
쇼크를 먹기 전에 우리는 도망쳐 나왔지 버스 정류장까지
숨도 안 쉬고 달렸어

달리다가 털썩, 바닥에 제대로 주저앉아버렸지 곧 떠날
여자애가 되돌아와서는 내 어깨에 손을 얹었어 숨을 몰아쉬
면서 나를 내려다봤지 빨리 가자, 너 잡히고 싶어? 묻는 그
애를 노려봤어 일어서서 그애를 밀어버렸다 그러고는 걷기
시작했지 그애랑 완전 반대쪽으로

나만
내일 여기를 또 와야 한다니
견딜 수가 없었어.

책임감

아, 이런이런, 오늘 이 방은 나의 것, 그런 생각으로 너를
맞이할 거야 침대에서 춤을 추면서, 두 팔 가득 그러면서,

글쎄 좀 이상한데

팬케이크랑 오믈렛, 플레인 요거트까지, 다 챙겨 먹었는
데 오늘 이상해, 넌 충분히 자격이 있는데, 한번 다운된 게
올라올 줄을 몰랐어 너를 안아주고 싶었는데 어쩐지 별로,
라고 생각이 드니까 몸이 말라버렸어

어제는 성북동 사모님 집에 다녀왔지 왜 그 미술관 관장
님이라는 사모님, 포토 언니 옆에서 반사판이나 몇 번 들어
줬을 뿐인데, 몰라, 나올 때는 그 집 사모님한테 선물 받았
잖아 내가 깨버린 커피잔, 버리기는 그러니까 나보고 가져
가래, 어디 도자기 선생님이 만들어준 거, 우리나라에 딱 다
섯 세트만 있다는 거, 내가 비명을 지르고 일 초 만에 포토
언니 얼굴에서 피가 다 빠져나가버렸지

니 기분 알 것 같아

나를 더욱 안으면서 네가 말했어, 그래, 오늘 네 맘을 내가
알지, 네 생일이라서 여기 방도 내가 잡았잖아, 음식이랑 다
내가 준비해서 정말 넌 몸만 왔는데…… 근데 내 몸이 말을

안 듣는구나, 힘을 내야지, 생각했는데 절단기에 잘린 백지 ―
처럼 너덜너덜, 사모님이 그랬단다 자길 만난 사람은 다 행
복해질 거래, 그래서 모든 걸 용서해준 건가

　정말 안 되겠어 오늘은

　내가 겨우 말하니까 너는 어두워졌지 팔을 풀고, 등을 돌
리고 누워서는 한참을 흐느꼈다 어깨를 쓰다듬어줘도 자꾸
만 꺽꺽거렸어 겨우 코를 풀더니 중얼거렸지

　나한테 시집올래?

　어디서 약을 팔아, 그런 말은 안 했지 오늘은 네 생일이니
까, 그래 삼거리 예식장 같은 데서, 일층은 감자탕집, 이층
은 결혼식장, 삼층은 당구장이 있는 그런 데서 한번 해볼까,
우리 엄마랑 아빠는 옷도 막 빌려 입고 사진만 찍었대……
아무래도 네가 너무 안돼 보여서, 그럼 다른 걸로라도 좀 해
줄까? 물었더니

　거지니? 내가 거지야?

　그러면서 이불을 막 뒤집어썼다.

―

24시간 커피숍

창을 내다보며 차를 마셔요 당신의 책에 밑줄을 긋고 가
슴 가득 안기도 하죠 흙으로 가득찬 방을 알아요 그걸 안고
걸어가는 사람도, 그걸 감추려 겨울옷 꺼내 입은 사람도, 세
상은 네가 아는 것보다 바닥이란다 고개를 끄덕여보지만 아
예 떠나지는 않아요 다음 말이 더 있지 않나요, 이게 끝이면
안 되잖아요, 믿고 싶지만 의심해요 의심했다가 소리치지만
끝내 조용해지죠 수하물 벨트 위에 여행가방들처럼 생각은
어디론가 실려가기만 해요 찾으러 오는 사람은 없겠죠 가방
에 담겨 바닥에 닿으면 문을 열고 나가 옷을 사고, 옷을 사
면 비로소 사랑받는 기분이 들고, 샤워기 밑에 서 있으면 다
시 버림받은 기분, 저는 생각만 많고 내용은 없어요, 당신
은 아는 게 많고 저를 주머니에 넣고 싶어하지만 어떻게 매
번 옳을 수가 있죠? 이것도 사고 저것도 사고 싶어요 발에
안 맞는 신발도 전부 사고 싶어요 걱정이 없으면 걱정을 키
우고 비밀이 없으면 비밀을 키우죠 견딜 수가 없어서, 견딜
수가 없어서, 혼자 새벽 버스를 기다리는 마음, 이다음엔 다
음이 안 올지도 모른다는 생각, 지붕에서 자주 눈이 떨어져
요 녹은 물을 맞으면 하늘을 봅니다 뾰족한 지붕을 본 것도
오랜만, 누가 올 것처럼 손을 흔들어보기도 하는 밤, 눈비를
맞으며 수풀을 헤치고 걸어가요 벌레 퇴치용 보디 밤도 없
이 자주 살갗을 다쳐요 여기 어디 망가진 공원이 있었는데,
범퍼카가 녹슬고 있다는데, 아, 끝까지 가보라고요 가진 것
이 없으니까 잃을 것도 없다고요? 당신도 믿지 않을 이야기

들, 저도 제가 하는 말 때문에 자주 다쳐요. 강가에서 피를 ⎯
씻어내요 곧 날아오르는 새떼들을 볼 수 있겠죠 진공 유리
병에 밀봉된 채 하수구를 따라 흘러가요 그러니까 제 소원
은, 누군가가 나에게 미안하다고 말해주는 것, 그 하염없는
사과를 받으며 두 손에 얼굴을 파묻고 끄덕여보고 싶은 것,
그런 말이 여기 들어 있을 줄 알았어요.

이해심

— 사랑이라면 박수를 쳐주겠지만 이걸 뭐라고 불러야 할까

　사장 남자는 흐느껴다 두 손으로 얼굴을 가렸지 자기도 인간이라고, 한 개를 결정 내리기 위해 열 개를 버리는데, 버리는 사람의 고뇌를 누가 알아주냐고…… 모두들 얼굴에 피가 몰렸어, 그러니까 왜 늘 우리만 알아줘야 합니까, 누구든 뭐라도 터뜨리려는데

　신입 남자애가 사장을 껴안았지 사이다 잔에 소주를 가득 채워서는 들이마시고, 제 머리를 쥐어뜯더니 몰랐다고, 미안하다고, 사장을 껴안아버렸어 그러고는 사장 이마에다가 입맞춤을 시작했다

　쪽, 쪽, 쪽, 쪽, 쪽

　도사견과 햄스터의 기름 충만한 콜라보…… 언제 끝나…… 두더지 잡는 망치라도 있으면 휘둘러볼 텐데, 몇 번 씹지도 않고 위장에 전달한 족발이 다시 올라와서는, 문밖으로 나와버렸지 둘 다 다 썩어버려!! 맥주 상자 뒤쪽에 서서 담배를 피웠어 안쪽에서 이런저런 웃음소리가 들려오고, 조금 있으려니까 누군가가 내 등을 두드렸지

　선배님 저도 한 대만
—

아, 사회성 괴물 같은 녀석, 나까지 관리하려고 여기 나왔
구나 안면 근육 도해도 같은 게 있으면 네 얼굴 근육을 잘라
보고 싶어 나랑은 힘줄이 다르게 작동하는 것 같은데……
같이 담배를 피우며 신입 남자애는 말했지

　우리 사장, 순수한 데가 있어요 그쵸? 여자들은 저런 남
자 좋아하지 않나

　주먹 휘두르고 술 사주고, 등뒤에서 물어뜯고 족발집에서
울고, 넌 저게 사람으로 보이니? 이거 정체를 아직도 모르
겠어? 욱해서는, 나도 모르게 쏟아내고 말았지

　……후회는 언제나 내 것, 내 성질은 항상 나보다 먼저 뛰
쳐나오는구나……

　신입은 내 말을 듣더니 그냥 피식 웃었어 이 웃음의 의미
를 네가 모르지는 않겠지 그런 눈빛으로

　선배도 대단하네요
　응?
　아니 그냥요, 걱정도 되고
　뭐?

— 　담부터는 저도 꼭 데리고 나와요 여자 혼자 피우는 거 보기 안 좋으니까

　윙크를 남기고
　남자는 안으로 들어가버렸어.

—

호러 퀸

남의 돈 먹기가 쉬운 줄 알아!!

이게 뭔 캐나다 기러기 날아가는 소리, 그 돈이 왜 남의 돈
이야, 공짜로 먹은 적도 없는데 뭘 얼마나 더 갖다 바치라는
걸까 오 분 늦었다고 만근 수당 빼는 사람들이 집에도 못 가
게 하는구나, 두더지가 흙바닥을 차고 솟구쳐올랐지 버티고
서서 아랫입술을 깨무니까 팀장은 머리를 흔들었어 네가 백
업인데 가긴 어딜 가, 그런 눈빛, 기어코 한마디를 더 꺼냈다

혼자 퇴근하면 대체 일은 언제 배울 건데?

저기요, 저 다음주면 나가거든요? 프로젝트 없어졌다고
제일 먼저 잘라냈지…… 안 갈 테니까 제발 나를 사요 컵라
면 사다놓을 테니까, 갑상선이랑 자궁근종이랑 다 바칠 테
니까 제발 나를 가져요! 외쳐보아도 살 마음이 없잖아, 사무
실 다른 붕어들은 자판만 두드리고 있었지 두드릴 것도 없
는 데 뭘 그렇게 두드려

언니 저녁 뭐 먹을래요?

자리로 돌아오니까 건너편 후배 아이가 톡을 보내왔어 꽃
다발이랑 힘내라는 이모티콘까지 섞어서, 그래, 세상에는
너 같은 사람도 있지 피가 맑아서 얼굴도 그렇게 하얀 거니

— 햇빛을 못 보고 살아도 너 같은 사람이 자라나는구나 딱 한 번, 너한테 물어봤지

　너는 여기가 좋으니, 이 사람들이 좋아?

　머리카락을 귀 뒤로 넘기며 네가 웃었어

　그냥, 제 손으로 이런 돈 처음 벌어봐요

　입을 손으로 막은 채 잠깐 주위를 둘러봤어 여기까지 CCTV가 달려 있는 걸까, 태양이 욕조 안에 들어왔구나, 손 대지도 못할 인성까지 가졌어, 너, 나보다도 적게 받는데 어떻게 그런 말을…… 그래 난 아직 배부른 사람…… 옷을 다 입은 채로 욕조에 누웠지 두더지를 안고 있었어 가라앉으면서, 이애를 따라서 바닥으로 더 들어가려고

　나 떠나면 가습기랑 지압판 너 다 가져

　정말요? 언니♥

　메시지를 읽다가
　나도 모르게
　바로 창을 나와버렸지

—

무서워,
방금 우리 미래를 본 것 같아.

무차별

인간 쇠창살인가봐, 흔들어도 꿈쩍 않겠어 형광 점퍼를
입은 남자애들이 지하철 계단을 다 막고 있었지 저 옷만 벗
으면 옷걸이는 괜찮은 애들인데, 특히 맨 앞줄 왼쪽에서 두
번째 쌍꺼풀 없는 남자애

웃기지 말래, 돌아가래, 여기로 못 나간다고, 무전기 아저
씨가 호랑이 눈썹으로 말했지 자기들끼리 이어폰을 두드리
며 여기 모든 사람들이 참고 기다리니까 계속 참으래 팔근
육을 울퉁불퉁 움직이며, 말 들어라 아가야, 그런 눈빛으로

아, 조폭들이 깔렸어 이러다 객사하겠어
(윙크) 그럼 우린 이승에서 못 만나는 거?

정말이야, 네 말이 정말이 되겠어 너는 땅 위에서, 나는
땅 아래서 우린 비 맞은 생쥐, 넌 방패들이 만든 길을 따라
이상한 데로 가버렸다지, 배터리도 다 돼가는데, 아, 현기
증, 지금이라면 치즈스틱 열 개는 먹겠구나 그러면 좀 살겠
는데…… 어디서 박스라도 주워와야 할까봐 자꾸 다리가 꺾
여서, 이젠 영혼까지 굿바이인가

지하철도 무정차하고, 어쩌라고?
집에 가게 출구는 내줘야 할 거 아녜요!

한 명이 외치니까 몇 명이 따라 외쳤어 왓 더 헬, 갓 뎀, 다른 출구 사람들도 슬슬 몰려들었지 무전기 아저씨가 이것들이, 하며 뒤로 물러서기 시작했어 나도 덩달아 소리쳤지 친구 만나야 한다고, 만나서 우리도 (세상에) 할말 좀 해야겠다고 외쳐도 고개를 가로저었어 더 크게 외치려는데 누가 옆에서 중얼거렸어

젊은 년이 지껄이기는

(먹구름, 자기장, 벼락!)

그래, 이건 지난번에도 들은 것 같은데? 젊은 년은 어서 일어나라고, 중절모 영감이 말했었지 그 넓은 지하철에서 나만 골라서 지팡이로 무릎을 쳤어 맨틀이 쪼개지는 줄 알았지 잠결에, 그만 일어서버리고는 두고두고 가슴을 쳤는데, 아직도 못 잊은 그 목소리, 내 몸 전류를 다 끌어모아 고개를 돌렸지

니가 누구 덕에 이렇게 사는 줄 알아?

지난번 그 영감은 아니지만 엇비슷한 영감, 다 저녁에 선글라스를 끼고는 너무 태연해서, 멀쩡하게 주름살투성이어서, 기절할 뻔했지 나한테만 들리라고 낮게낮게 중얼대길

래, 손톱을 잔뜩 세워 그 사람 팔뚝을 잡았지 한 번에 쳐내
는 걸 이번엔 두 손으로 잡았어 핸드 마이크 사이렌 소리랑
무전 소리랑, 저 앞쪽, 사람들은 인간 쇠창살들이랑 얽혀서
는 정신이 없었지 광대버섯 백 개는 따먹은 사람처럼 손에
힘을 줬어 그러면 될 줄 알았는데,

영감은 슬쩍 웃으면서 주먹을 들었지

설마
그건 아닐 거야
이런 거 안 재미있는데

(그 마음은 어디서 오는 건가요, 그 주먹질 같은 마음이
어디서 와요……)

내 두 팔이 덜렁거리며 떨어졌지
하나, 또 하나,
이게 뭐야

어떻게 이런 게 다 있어.

—

다크 서클

　검은 프록코트를 입은 전나무가 연거푸 기침을 터뜨리는 숲속이야 전신주가 모두 쓰러져서 소식이 두절된 일인용 사우나 안이야 나는 여기까지인가봐 내뱉은 말들이 멋을 내지도 못하고 혼절하는 속마음 안이야, 바람이 나를 잘 데리고 다니도록 귀를 여러 번 뚫고 팔목 안쪽엔 목화솜이라고 써두었어요 팝콘이 터지고 구름이랑 뒤섞여서 떨어져도 다 받아주는 장난감 나라, 그런 곳에 가고 싶었어요 나는 발효가 끝나지 않은 치즈처럼 든든하게 살이 부풀고 있어요 문을 열면 어딘가 여름 어린 나무들이 있을 거야 아직 줄시계를 들고, 저렇게 방에만 있다가는 모래톱에 파묻혀서 코가 막힐 텐데, 말해주는 아이들이, 애들아 그렇게 솔직하지 마, 지금은 뺨이 달아올랐다가 눈 속까지 물들이는 불타는 저녁일 뿐이야 뭐가 나인지 어느 게 한숨인지 뒤섞여서 온통 번져가는 고장난 시간일 뿐이야 어제 내가 망토를 머리에 쓰고 멀리 가는 소리를 들었어요 밤의 강변을 따라, 폭죽과 불꽃을 따라, 편백나무 바구니에 담겨 눈을 감은 채로, 모두 부서졌지만 나는 무쇠 단추 한 알로 남았어요 처음 보는 얼굴이구나 네가 나인지 정말 몰랐어 내가 이렇게 소리도 없이 누워만 있는 젖은 단추인 줄을 몰랐어.

모든 영혼의 날

미끄러지면서, 내 얼굴이 날 떠나는 걸 알았어요 떨어진 미사보를 줍듯 난 보이지 않는 세계의 덧문을 열었지요 땅이 흔들리고 빙하의 신음이 들려왔어요 황금 해파리가 사방을 향해 흩어져 올라갔지요 관목들은 내 표정을 미워했어요 난 알았어요 남은 날들을 맛보며 미래를 묻지 말 것, 손금을 읽던 집시 여자는 고개를 저으며 수정 구슬을 깨뜨렸지요 레바논의 시냇물이 흘렀어요 가면들은 물러나고 여우점을 치는 사제들의 탄성이 들려왔지요 그 투명한 원시 온천의 앵무조개를 껴안고 싶었어요 오로지 영혼이고만 싶었어요 밀주가 흘러 뒤집힌 땅과 하늘을 적셔갔어요 약초원의 수많은 화초가 암송하는 성스러운 날들, 이 세계를 느리게 돌리며 내가 가진 모든 믿음들을 잃어갔어요.

왠지 궁금한 기분 1월

입김, 보온병을 껴안고 침대에서 일어나, 어딘지도 모르고 왜인지도 몰라, 그런 아침, 전기가 들어오면 팔레트에 물감은 차고 입김을 녹여 태양을 그릴 텐데, 제자리 뛰기를 해도 심장은 움직일 줄 몰라, 손을 넣으면 열이 나는 장갑은 없을까 경축 아치 밑으로 걸어갔는데 내 수호 동물은 가죽만 걸려 있었어, 미안하대, 자꾸만 여기가 아니래, 입김, 모피를 두르고 썰매 안에 눕지만 제설차는 멈춰 있다 내내 돌아보지만, 빙빙 돌아보지만, 입김, 내겐 아주 중요한 것이 있었는데, 그건 어디 간 걸까.

게스트 하우스

  목수국 가득한 언덕길을 지나왔어 떨어진 잎들을 모았다
가 조금씩 불면서 왔어 작게 말하고 적게 숨쉬는 조랑말이
풀을 뜯는 들판, 들판을 지나 다시 뾰족한 숲을 지나 절벽을
걷다가, '그녀는 마침내 어디로 가야 할지를 잊어버렸다'는
문장이 머물러 있는 곳, 목책 위로 기울어가는 마지막 햇빛
이 남아 있었어 들이마셨다가 내뱉고 다시 들이마셨다가 겨
우 숨을 내뱉으면 곤충의 다리 같은 빛살이 눈을 멀게 만드
는 곳, 시간이 느린 롤러코스터를 타고 멀어지고 있지 어떻
게 해, 내가 이렇게 작아지고 있어. 차가운 잔디가 자라고
시간이 흐르고, 분홍 담요가 찢기고 또 찢겨서 그 사이로 시
간이 흐르고, 갇혔던 새들이 하늘로 날 때마다 쪽가위가 날
갯죽지를 잘라내고 있었지 창가의 나무 덧창이 요동치며 부
서져내렸어, 멍든 조랑말들이 절벽을 향해 걸어가고 있구나
그렇게 하지 마, 소리 내어도 소리가 나오지 않았어 전지도
없는 군악대 인형들이 큰북을 울리며 행진하고 있었지 거기
로 가지 마, 소리도 없이 숨도 없이 잡아당겨도 빠져나가는
것들, 파도, 절벽, 절벽, 파도, 파도, 파도, 파도……

4부

청첩장

　　얼음 가득 석류 주스를 마셨어 눈 녹은 묘지 냄새가 났어 손목에 동굴이 생겼어 동굴에서 목소리가 울렸어 한쪽 또 한쪽 네 말이 흔들렸어 한쪽이 올라가면 한쪽이 무너졌어 철탑을 지나 구름이 몰려왔어 우산 위로 씨앗들이 쏟아졌어 양털이 터졌어 깃털 이불처럼 흩날렸어 북해도에 가자고 말했어 옛날이었어 옛날이 말하고 지금이 받았어 두 사람이 출발해서 혼자 도착했어 가방은 잃어버렸어 조각난 집들이 쓰러져 있었어 창문이 말했어 어떤 계절은 달짝지근한 냄새만 남기고 사라지네 눈 쌓인 신호등이 흔들렸어 붉은색이 반짝이며 앵무새가 갇혔어 파란색이 깨져서 선인장이 쏟아졌어 의자에서 네가 걸어나와 가시를 달고 날 안았어 잘라내도 잘라내도 네가 계속 걸어나왔어 집들이 자라났어 지붕이 없어서 너무 추웠어 똑같은 문을 달고 똑같은 정원이 달린 집들이었어 열쇠를 넣어 돌렸는데 모래가 되었어 숨을 쉴 때마다 시계탑이 말했어 눈은 녹아 돌아오지 않을 거야 집들이 잠기면 호수에 찾아오는 봄 둥둥 떠서 바닥이 보이지 않았어 마개를 뽑고 손을 넣어봤어 벽장이 열렸어 사슴이 누워 있었어 몸에서 김이 났어 그걸 안고 털신을 신고 끝까지 걸어가겠다고 했어 겨우 그렇게 말했어 뾰족한 나무들이 흔들렸어 가방을 끌고 누군가가 차에 탔어 철로가 열리고 시계가 똑딱일 때마다 녹물이 흘러나왔어 검은 물들을 빨아먹고 먼지와 죽은 나방들이 쌓여갔어 사슴 배에서 식은 아이가 걸어나왔어 자줏빛 원피스를 입고 혼자 춤을 추었어

춤을 출수록 이가 쓰라렸어 어떤 것은 잊히지가 않았어 시
간의 빛나는 결정이 지나가는 소리가 들렸어 지나가지 않았
다고 믿었어 부서진 피리를 밟고 철책 너머 바람이 불어왔
어 배들의 공동묘지에서 천천히 배가 기울어지고 있었어 눈
빛이 선명한 홍게들이 몰려나와 거품을 내뱉으며 말라갔어
불멸의 머리카락이 자라났어.

무의미해, 프라이드

쉬는 시간이 지나고야 알았지
저 뒤통수
내가 아는 애라는 걸

영혼 따위, 사물함에 넣고 다니던 애, 모의고사 마킹하다
악쓰고 나가서는, 영영 안 돌아온 애, 너 같은 인지 부조화
캐릭터는 처음이었는데, 니가 왜 여기 앉아 있어?

가방을 챙겼지 그래, 지금이라도 나가는 거다, 홈피만 뒤
져도 다 나오는 말을 여기서 왜 또 듣고 있어, 잘됐어 기회
야, 이건 도망가는 게 아니야 책임지는 거지 내 실패가 더
커지기 전에 내가 날 책임지는 거다

네가 돌아보지만 않는다면,
그러면 내가 이기는 건데

강사가 뭘 좀 나눠주라 말하고, 몇 줄 앞 네가 돌아봤지 정
통으로 눈빛이 섞여버렸다 절대 모른 척 나왔지만, 살인 가
스인가, 스르륵 네가 따라나와 불렀어 돌아보지 말고 그냥
가! 하지만! 귀가 이렇게 멀쩡한걸! 내 등이 움찔, 리액션을
해버렸는걸! 이것이 어른의 세계인가? 우린 잘했지 다시 만
난 동창 코스프레를 잘도 해냈어

홋, 이런 거 듣고 취업이 될 리가

너무 졸려서 앞이 안 보여 엉엉

그래서 나도 집에 가려는 중

말도 안 돼, 눈곱 존에 눈물이 가득 고일 뻔했다 너도 가
려고? 그 말도 못하고 같이 나왔어, 아, 무너지지 마, 기도
하면서 릴렉스하자

뭐 타고 가니?

지하철

마침 난 근처에

눈이랑 코, 입이랑, 온통 실신 직전, 멍한 그애를 남겨두
고 앞만 보고 걸었지 참가비만 잔뜩 내고 원두커피 한 잔 먹
고 나왔구나, 이런 생각 자체가 오늘 나의 패배

그래도 오랜만의 스릴, 좋아, 몸도 꽤 따뜻해졌잖아

길거리를 떠돌다가 버스 정류장으로 향했어 오늘 같은
날, 3D 리얼 예쁨이 필요한 날, 핏이 좋은, 잘생김이 좀 많이
필요한 날, 나도 모르게 정류장에 선 사람들을 스캐닝했다

완전 모자라지는 않지만 그렇다고 모자람에서 도망칠 수

─ 도 없는 건가

　네가 거기 있었지, 지하철 타고 집에 간 줄 알았는데, 힐
을 신고서, 왜 네가 거기 서 있어……

　무인 등대랄까, 날 보고, 네 눈동자가 커졌다가 사그라들
었지 피식, 누가 당기는 거니, 네 한쪽 입꼬리, 놀랍게 올라
가 있었다 뒤돌아 가기엔 늦은 거겠지 그렇다면 차라리 너
의 치마폭에 성난 서양 자두처럼 안겨줄 테다!! 너를 향해
걸었어 고개를 높이 쳐들고서

　네 기억에
　영원히
　모자란 애로 남긴 싫었어.

초합리주의

생각으로는 할 수 있는 게 너무 많아서, 한 손으로 내 목을 조를 수도 있을 것 같아, 나 말고 한 명 더 데려갈 수 있다면 그건 누구일까 로얄 코펜하겐 찻잔에서 입술을 떼며 팀장 네가 말했지

팀이 없어져도 결코 끝은 아닌 거야 내가 너를 그냥 버리겠니

커피가 다 식도록 나는 두 손으로 얼굴을 감쌌지 반년 전부터 나간다고 했더니 참으라고, 세 번이나 잡아끌어서 여기까지 왔어 이틀 전에도 네 주말농장에 다녀오면서 난 울었지 내가 왜 네 밭에서 너랑 감자를 캐야 하니…… 그사이에 넌 다른 회사를 알아보고 있었구나 혼자 거기 가는 걸 오늘 말해주면 꽃받침 하고 너를 봐주어야 하니

너덜너덜해지도록 우린 같이했어, 알아? 내 통화 기록 일등이 너야 엄마보다 더 많이 통화한 사람…… 왜 몰랐을까 거지같은 걸 손에 쥔 인간들이 그걸 안 놓치려고 밑의 사람은 더 거지같이 만들어버린다는 걸, 네가 만든 쓰레기 풀장에서 자맥질을 하며 난 너를 사랑하려고 했지 너를 미워하면 스물네 시간 강렬하게 너만 생각하게 될까봐, 차라리 물안경을 쓰고 너를 사랑하려고 했다 이게 뭐라고

<u>호호호호호</u>

　깨진 피리 불듯 소리를 내니까 네가 움찔했지 얼굴을 들
어 물었어 마지막 회의 때, 팀장 네가 반대해서 내가 안 된
거라면서요? 자개 패턴 안경 뒤 네 눈이 크게 흔들렸어 그
래, 잘도 알고 있었구나, <u>호호호</u>, 딥 다크한 노을이여, 나도
위대한 거절이라는 걸 해보고 싶었는데…… 쓰레기 풀장
바깥으로 기어나가면 더 못 가지고 노니까, 비늘을 자르고
붕어밥을 뺏어버린 거야 어쩔 수 없다는 듯 네가 지껄였지

　널 더 강하게 만들려고 그랬어!

　저렴해, 너무 저렴하다, 그건 그냥 버린 거잖아…… 잿빛
먼지로 태어나서 반전도 없이 그냥 미끄러지면 어디로 갈까
딱정벌레 등딱지들이 사방에서 쏟아졌어 장작불 튀는 소리,
이렇게 구운 가루로 잊을 수 없는 음영 아이 메이크업을 하
자 벌레를 없애는 데 낫과 망치는 필요없겠지 반은 웃고 반
은 울면서 나는 말했어

　안됐네요 날 더 강하게 못 만들어서

　기뻐요 내가 이것밖에 안 돼서.

—

살 마음

하나님은 왜 나 같은 거 살려두나 몰라, 죽으려고 버스에 뛰어들었는데 안 죽어요, 진짜, 안 죽어진다니까요

온 전철 안이 얼어붙었지 금방이라도 자기 옷을 찢을 것처럼, 앵벌이 남자애가 떠들어댔어 돈 벌 생각이 없는 걸까? 지금 옷이라면, 찌라시만 나눠줘도 될 텐데, 사람들이 타고 내려도 바닥에 주저앉아 연설만 했지, 듣는 사람도 없는데…… 사람들, 이어폰을 귀마개처럼 틀어막고, 폰만 들여다보고 있는데, 잠깐, 그렇다면 나만 얼어붙은 건가

가만 들으면 죽고 싶다는 말, 잘 들으면 죽기도 살기도 귀찮다는 말

얀마, 여긴 안 들려, 너 그래서 장사가 되겠냐?

잠자던 촉들이 한꺼번에 살아났지 이어폰을 낀 사람들이 동시에 고개를 돌렸어 낄낄낄, 아까부터 떠들어대던 아저씨들, 어느 산악 부대일까, 모자를 맞춰 쓴 등산복 아저씨들이 더 크게, 저 끝에서 웃기 시작했어, 순간 이동인가, 남자애는 두 손으로 바닥 스키를 타더니 두둥, 아저씨들을 올려다봤지

아저씨, 나 알아요?

한 번만 더 웃으면 받아버리겠다는 듯이, 남자애는 소리 쳤지 부대원들은 동시에 숨을 멈췄다가, 자세가 틀려먹었 잖아? 다시 떠들어대기 시작했어 내가 뭐가요! 불꽃놀이가 터지고, 이어폰을 뺀 사람도 있었지 나도 가방에 몸을 감추 고, 숨을 죽였어

고개를 더 숙이고 인마, 열심히 살아보겠습니다, 해도 모 자란데

이렇게, 이렇게! 아저씨 1이 여기저기 구십 도로 인사하니 까 산악 부대 아저씨들이 한꺼번에 빵 터졌지 앵벌이 남자 애도 웃기 시작했어 오늘 잘 만났다 너, 여기 다 사장님들이 야 인마! 가방에 태극기를 꽂은 아저씨 2의 말에 부대원들 가방이 열리고, 옥수수랑 먹던 백설기가 나왔지

그러지 마, 제발 그러지 마

주먹을 꽉 쥐고 텔레파시를 보냈지, 침을 흘리고 웃더니 남자애는 백설기를 먹었어 그 자리에서 반이나 먹었다 그 래, 물도 없이 그걸 다 먹는구나……

나는 알았지 아까 그 말, 다시 생각하면 살려달라는 말, 죽

을 때까지는 더 살고 싶다는 말…… '여기 나쁜 사람들이 괴 ⌐
롭혀요' 기관사 아저씨한테 문자를 보내려다 지웠어

　생각이 깊어지면, 동굴이, 열리고, 끝도 없이, 그 속을 달
려가, 철로 긁히는 소리, 갉아 먹히는 소리, 내가 일어나서,
사람들을, 하나하나, 다 먹어버려, 씹어버려, 날 좀 말려주
세요, 붸 꽭 꿣

　산악 부대 아저씨들한테 구십 도로 인사하더니, 남자애가
아까 그 자리로 다시 돌아오고 있었어

　힘차게
　정말 살 마음이 생긴 것처럼.

깊은 반성

　뱉은 말은 담을 수가 없지 영원히 찌꺼기로 남아, 혈관을
막아버리지, 뭘로 녹여야지? 소변도 앉아서 보고, 사이즈
업 기간에는 한 시간씩 줄 서서 아이스크림도 사다주는, 그
런 남자애라도 소개시켜줘야 할까

　같이 점심 할래요? 메신저로 쪽지를 보냈어 바로 답장이
왔지 '너는 너, 나는 나' 파티션 저쪽에서 동기 애가 걸어오
더니 날 보고 웃었어 이를 여덟 개나 드러내고, 무서워, 눈
은 하나도 안 웃고 있잖아

　그래 알아, 내가 반성할게, 네 뒷담화 몇 피스 옮겼던 거,
그 정도로 이러는 거 아니야…… 어제도 대표님 집에 갔지
나 말고 네가, 딸아이 숙제까지 봐줬더라 어떻게 알긴, 네
가 사진 찍어서 오 분마다 올리잖아, 이래서 아이를 낳는 걸
까, 그런 태그도 달고

　오며 가며 회사 카드 맘껏 쓰니까 행복하니? '집까지 넘
어가는 건 불공정한 것 아닐까', 마침내 내가 톡을 보냈더니
새벽에야 답이 왔지

　'정당방위'

　이러다 그애 등교까지 시켜주겠구나, 나 혼자 열시까지

남아서 일하면 뭐해, 그렇게 한 달을 더 싸웠지만, 답이 안
나왔지

  어쩌지, 이제? 매일 드레싱 없는 생채소만 세끼 먹는다고
생각해봐, 근데 내 옆에 앉은 애는 그것보다 백배는 쓴 뿌리
약초를 씹고 있지, 가마니째 쌓아두고 당당하게
  애기들이 왜 애교가 많은 줄 알아?
  왜라고 물어야 네가 신나겠지?
  약자니까. 어른들이 강자니까. 세상은 어른들이 움직이
거든
  누구한테 설교야
  못 알아들었구나? 그애가 애기라는 말, 너는 더 애기라
는 말

  친구랑 톡을 나누며, 새벽 족발을 시켜 먹으며, 나, 반성
했어, 콜라겐을 잔뜩 흡입하니까 겨우 머릿속에 윤기가 도
는구나, 미백이랑 수분 공급이랑 한꺼번에 되는 팩을 붙이
고 밤을 꼬박 샜지

  현금이 아까워서 카드만 쓰는 애, 다음달도 못 내다보는
백치 같은 애, 나라는 애

  두 번 토하고, 아침에, 아파 보이는 메이크업을 하고 점심

시간만 기다렸지, 오늘은 동기끼리 점심 먹는다고, 온 사무
실에 웃음을 팔고는 그애를 데리고 나왔어

　밥을 사주면서 화분도 줬어, 풀이랑 이끼를 사다가 너를
위해 만들었어, 동기 애는 밥은 반만 먹더니 수저를 놓았지
그러고는 나도 모르는 애들 이름을 불러대며 아느냐고 물었
어 알게 뭐야? 지금 그런 애들이 왜 중요한 건데? 절대 밖
으로 말 안 하고, 으음, 그 애들이 누굴까? 한마디만 던졌지
동기 애는 호르륵호르륵, 숭늉을 마시면서 말했어

　너랑 같은 학교, 같은 과, 내 친구의 친구들

　산소통 뺏긴 잠수부처럼, 나는 잠깐 흔들렸지 그래, 이거
였구나? 내가 기포도 안 내뱉고, 말도 없이 그애를 지켜보
니까, 동기 애는 한마디를 더 했어

　너 거기 편입한 애지? 사무실 사람들 이제 다 알아, 대표
님도

　그게 뭐, 그게 왜? 해주려다가 나는 알았지 그런 거랑 상
관없다는 걸, 저는요 깊이가 없는 사람이에요 내면이 자꾸
사라지죠 내면을 가꿀 능력이 없어서요 됐나요? 엉덩이 허
벅지 배 옆구리까지, 아, 셀룰라이트가 잔뜩 달라붙어서 미

안해요, 그런 얼굴로 빌어주기를 바라는 마음…… 나는 말
없이 그애를 노려보았지

 십 초,

 그리고
 다시 십 초

 또 십 초

 왜? 뭐? 화를 내는 그애한테 말했어

 너도 밤에 잠 못 자니?

 실핏줄이 다 터진, 흔들리는 그애 눈을 보다가 식당 밖으
로 나왔어 이런 기분, 마일리지로 쌓았으면 지구 열 바퀴는
돌았을 텐데 화분은 버리지 않았지 끝까지 들고 와서는, 내
자리에 올려놨어

 반성 없는 세상을 반성하려고.

해열

밤새 열이 조금 떨어졌다면 수예부 아이들을 불러다가 도시락을 만들어요 음식은 내가 만들고 아이들은 구경을 하죠 생강절임 돼지고기를 볶아요 문어 모양 소시지는 딱 두 개, 닭들에게 선물로 받은 달걀로 설탕이랑 간장을 넣고 계란말이를 만들어요 이런, 너희도 모르게 조금 졸립다면 아이들아, 레이스 컵받침을 만들어도 좋아 그 위에 유리병을 올리고 우유를 담았다가 샌드위치랑 먹으면 되지 도시락을 싸면서도 먹는 걸 생각하죠 괜찮아 그건 살아난다는 증거, 해열 시트를 새로 갈면 영혼은 덜 돌아왔지만, 아직 간식 배가 남았으니까 간식으로는 또 뭘 먹을까 고민하고 말아요 리넨 앞치마를 두르고 바질을 따러 가요 잘 씻어 말린 약병에 토분을 담고 내 방 같은 이런 데서도 화분을 키워요 창틀에 올려놓은 화분들 사이를 헤치다보면 종이로 만든 열기구 장난감이 이마에 닿죠 하루종일 지금이 가장 빛날 때, 닿은 빛이 또다른 몸에 닿아 서로를 흔들 비춰주는 그런 때, 꼬리 말린 새끼 돼지처럼 눈을 가늘게 뜨고 두부를 튀겨요 초절임 당근무침이랑 맵게 졸인 버섯조림이랑 요모조모 반찬통에 넣어보지만 역시나 욕심이 좀 많았어요 좋아요 어차피 다 나누어 먹을 거니까, 갓 지은 밥을 담고 가운데엔 매실 장아찌를 올려요 잘게 자른 우엉이랑 박고지를 뿌려주고 스파클링 소다수를 챙기면 그걸로 끝, 참, 방울토마토랑 보온병엔 보리차도 잊지 말아야죠 일인용 나룻배를 타고 한없이 흘러가요 수예부 아이들이 바질 잎으로 노를 젓죠 저을 때마다 잘

마른 숲으로 들어가는 기분, 하늘이 보이면 좋겠지만 가만
히 내 방에 내려요 식은땀이 조금 나지만 괜찮아요 맨발에
이불이 닿고 이불 위에다 피크닉 담요를 깔죠 내 안에 뭐가
더 있을까요 누구한테 가야 하죠? 며칠 동안 그런 생각만
했어요 가끔 누군가가 덜그럭거리며 밥을 앉혀주었으면 하
는 마음, 도시락을 펼쳐놓고 아이들이 먹는 걸 지켜보죠 난
누워서 보리차만 조금씩 마시고 있어요 사실은 이 병을 어
떻게 끝내야 할지를 모르겠어요.

천원숍

뭐야, 어지러워 내 인격, 좀전까지 뛰어내릴 듯 나 흔들렸지, 사람들 다 퇴근한 사무실, 혼자서 일하다가, 십오층 창문을 내다보다, 신물이 올라왔었지 그냥 사는 거야 평생 이렇게, 소금맛 생강맛 치즈맛 몽땅 섞인 이상한 쓴물이, 흔들린다! 떨어진다!

나한테만 서빙되는 샌드위치랑 체코식 과일차랑, 그런 게먹고 싶었지 블타바의 섬에 도착해서 나룻배가 지나가는 것도 보고 껴안은 연인들 그림자도 엿보고 싶었는데, 그래야살 것도 같았는데

여긴 어디일까, 먼지 잘 떼어주는 끈끈한 아이, 그 아이만 데리러 온 건데, 이게 뭐야, 벌써 바구니에 가득 든 아이들이

색색깔로 잘 지우고 싶었습니다 컬러 지우개
활자로 쾅쾅 박힌 것도 지울 수 있겠죠 수정 테이프

근데, 목공 풀은 왜 들어 있는 걸까? 그래, 떨어지지 마 내발아! 네 자리에서 절대 떨어지지 마! 그래도 설득 안 되는건 스탬프 잉크 패드, 놀라지 마, 내가 도장을 파서 내가 도장을 찍어주고 싶은 것, 못살아, 이유를 대자면 못 댈 것도없지만, 이렇게 모노드라마를 찍어도 좋은 걸까? 누구세요

내 안에 누가 있는가요? 걱정 마 너한테 자유를 허락할게, ―
여기서도 네 맘대로 못하면 대체 네가 뭘 할 수 있겠니? 이
서류를 들고 세상 끝까지 가보렴

파스텔 도트 고깔모자, 마늘 다지기, 응원용 막대 풍선,
눈 스프레이, 에코 마이크, 초콜릿 중탕기, 피에로 코 안경,
핑크 갈런드, 눈썹용 칼, 양념통 가방 세트, 황금 복 고양
이, 아, 아,

내 손이 빨라져서, 누가 좀 말려줘요! 내 새끼들이 나를
잡고 놓아주질 않네, 그래, 난 너희들의 가련한 희생양, 애
들아, 아련한 조명 아래서 우리 지금 조촐한 티타임을 갖는
거지, 그냥 잠시 눈만 마주친 거지 너희들이 이렇게 나한테
웃어주니까 내가 누구한테 웃어줄 필요가 없는 곳

여긴 어디일까
그냥 비행기표 끊기 전에 잠깐 들른 곳.

무한 리필

— 너 고기 좋아해?

  오늘 하루 두 번이나 만났는데, 그냥 헤어질 수 없었지,
이젠 내가 먼저 가겠다는 말도 못하고…… 아메리칸 레스
토랑 스타일인 줄 알았는데, 네가 갑자기 물었어 고기, 고
기라……

  회식하고 집에 가다 버스에서 잠든 적이 있지 깨보니 주
변엔 아무도 없고, 기사 아저씨도 없는데, 어디서 고기 냄
새가 나는 거야 침샘이 폭발했지 내 옷에서 나는 냄새였어

  우리는 먹었지 목살이랑, 삼겹살이랑, 계속 가져다 먹었
어 먹자골목에서 네가 찍은 집, 구두 벗고 들어가기 싫다니
까 깔깔깔 네가 하이파이브를 해줬지

  신을 벗으면 고기랑 너무 멀어지잖아

  불판을 여섯 번이나 갈면서, 말도 없이 먹었다 양파, 고
기, 마늘, 고기, 쌈장, 고기…… 올릴 수 있는 건 다 올려
서 씹었어

  들려?
  응?

—

100

우리 살쩌는 소리

정말이네, 털보 언니가 미소 지으며 다운 패딩 입혀주는
느낌, 그래, 난 좀비 언니들이 떼로 와서 기모 레깅스랑 펠
트 워머를 같이 입혀주나봐, 무서워, 우리 얼른 먹어서 이
무서운 것들을 다 없애버리자

둘이서 칠 인분은 먹었나봐, 된장국에 공깃밥까지 먹으
려다 그건 못했지 너는 젓가락을 덜덜 떨며 말했다 못살아,
왜 이것밖에 못 먹는 거야…… 맘대로 되는 게 하나도 없구
나…… 그니까, 먹은 것보다 못 먹은 게 무한이라서 무한 리
필인 건가, 나도 같이 울었어

모공들이 다 열려버려서, 우린 기름종이를 나누어 가졌지
립밤도 다시 발랐어 그래도 한 정거장쯤은 걸을까? 미안해
얘들아, 천국에 못 간 돼지들, 걔네들이 아직도 붙어 있나
봐, 밤거리를 걸었지만 숨이 차서, 반 정거장도 못 걸었지,
포기하자 다 포기하고, 택시를 잡아타자

불빛 찬란한 밤거리
이렇게 달릴 때가 제일 빛나지
다들 걸어가는데 우리만 달려가니까
우리만 앞으로 나가는 것 같으니까

연두부처럼 맘이 풀려서는 내가 물었어

무슨 생각해?
음, 구역질나게 배부르고, ……멍해서, 좋다는 생각

멍한 것 뒤에는 더 멍한 게 있을까 아님 아무것도 없는 걸
까, 뭐가 더 좋은 걸까? 우리는 계속 달렸지 입을 벌리고 차
창 바람을 먹으며, 에코처럼, 네가 물었어

넌 무슨 생각 하는데?
아까 남긴 고기 생각

내릴 때가 되니까 네가 붙어 앉았지, 길게, 한숨을 내쉬고
는 뭐라고 속삭였어 분홍색 면봉이 귓바퀴를 들락날락, 근
데 무슨 말인지 안 들리잖아, 내 손을 잡고, 빤히 보면서, 네
입술이 움직였지

가지 마
오늘
같이 있자.

작은 자매

언제든 머리 땋아줄게 이렇게 빗으로 차례차례 빗은 다음
향수를 뿌리고 핀으로 장식하면, 아아 새롭게 태어났어 초
콜릿 파우더가 솔솔 내 침대에 내려오네 우린 아직도 다리
가 약해 자주 무릎을 꿇지만, 아주 잠기지는 않는 인형들처
럼, 정오의 햇빛과 홍차 테이블에 앉아 있어 지금은 찾을 수
없는 가게의 온갖 버튼으로 우리만의 소파를 장식하자, 앉
으면 서로 간지러운 대답만 떠오르게 만드는 단추 단추들,
나는 그게 어떤 대답이든 그 대답을 아주아주 좋아해버릴
테야, 손거울을 보고 주근깨를 세면서도 속눈썹을 만지면서
도 이렇게 가까이 있는 네가 궁금해, 그 먼 표정, 내가 딴생
각을 하고 있을 때도 너는 꼭 몰래 더 자랐지 피크닉 가방을
열고 비로드 안감을 펼치고 아끼는 음식들을 나눠먹자 내
마음속에 너를 안았다가 조금씩 꺼내 먹을 거야, 드레스와
리본 원피스와 또 필요한 게 있다면 언제든지, 우린 이 방을
나갈 수 없지만, 주근깨와 속눈썹도 어쩔 수 없지만

오늘밤은 잠들 수 없을 것 같아 그렇지 않니?

리폼 캠핑

죽은 나뭇가지를 한가득 모아왔어 불속에 넣으며, 솔방울
과 자작나무 껍질도 가끔 넣어주면서, 마시멜로는 가져왔
지? 모닥불 깊은 곳엔 고구마를 굽고 있어 단내를 풍기며 익
어가는 소리, 응, 우린 눈 내리는 숲속에 있지 서로에게 덧
신을 신겨주고, 양털 패딩도 입혀주었지 불꽃과 우리, 드문
드문 눈꽃과 우리, 넌 어떤 사람이 될 것 같아? 얼음처럼 단
단한 사람, 사라질 땐 흔적도 안 남기는 그런 사람, 그럼 넌?
고양이 발바닥 젤리 같은 사람, 어딜 걸어도 안 다치는 그런
사람, 그렇게 믿어야 겨우 사람으로 남을 수 있는 세상, 갖
고 싶은 건? 마당이 좋아 네가 눈 밟는 소리를 십 분은 눈감
고 들을 수 있는 마당, 그럼 넌? 난 옥상이 좋지 맨발로 걸
어다닐 수 있는 나무 데크랑 언제든 텐트 칠 수 있는, 버려
진 큰 화분들이 놓인 그런 옥상, 그릴 위에선 양배추 크림스
튜가 끓고, 우유랑 생크림이랑 치즈스톡을 넣고 살짝 더 끓
이다가, 법랑 컵에 담아내지 괜찮아 장갑이 두툼하니까, 호
호 불다가 멍하다가, 밤하늘을 올려다보다가, 아무 말도 안
하다가 다시 생각난 듯 늦게 먹어도 좋지, 잘라둔 식빵을 담
가 먹어도 좋고, 눈은, 어쩌면 눈은 더 올 것 같아 트레일러
도 캠핑카도 모두 잠들고, 낼 아침이면 생수통도 뚱뚱하게
얼겠지 모닥불이 꺼지면 우린 밤새 텐트 속에 있을 거야 헤
드 랜턴을 켠 채 서로에게 편지를 적어주고, 이따금 문을 열
어 대기에 가득한 눈송이 냄새를 맡을 거지, 밤새도록 문패
도 만들고 네가 가져온 수제 캔들도 밝혀둘 거지, 큰불 대신

작은 불을 건드리며 손가락끼리 노닥일 거지, 모닥불에서
꺼내온 넓적 돌은 수건으로 돌돌 말아 같이 껴안기로 하자,
먼저 잠든 사람을 들여다보다가, 그 속눈썹에 살살 입김을
불어보기도 하지, 이마에 닿은 물방울에 놀라 텐트 문을 열
면 아침에는 세상이 바뀌어 있겠지 신발은 사라지고 긴 발
자국이 멀리 숲속까지 이어져 있을 때, 그 길을 따라 바람만
불고 있을 때, 저 멀리서 작은 눈사람이 입김을 쏟으며 돌아
올 때, 그 사람이 나를 향해 손을 흔들면 나는 그만 문을 닫
고 살짝 울고 말 거지.

내가 보이니

  밤의 골목에 나는 파묻혀 있었어 새벽 튀김집에 앉아 혼자 튀김을 먹고 문 닫힌 빈티지 숍 안을 들여다봤어 멀미가 올라오듯 어둠을 오래 들여다보는 사람에게는 끊긴 골목들만 열리지 눈을 뜨고 싶었지만 떠지지가 않았어 살에 닿아 불탄 자국만이 내 것이었어 그쪽으로 갈게, 그런 말이 듣고 싶었지 어딘지도 모르잖아 아냐 그래도 갈게, 또한 그런 말을, 옷장을 정리하는 가장 좋은 방법은 옷을 몽땅 버리는 것, 머리카락을 뽑아서 하나씩 흘려보냈어 이제 그만 나를 멀리 보내주기로 했어 하늘은 너무 맑은데 잠옷은 녹고 있었지 화산재가 날리고 텅 빈 발목이 잠겨가고 있었어 손전등 불빛이 흔들리고 목소리가 들렸지 누군가가 내 수면 안대를 벗겨주었어 작은 아이야 불이 식을 때까지, 다음날의 빗물이 될 때까지, 자 여길 봐, 여긴 말야…… 햇빛이 내려오다 브라운 시약병에 고이는 부드러운 이면도로야 빗물이 말라가는 나무의자, 무민 틴 케이스에서 사탕 하나를 짊어지고 무민이 걸어나오는 그런 시간이야 가게문이 열리면 셔츠에, 리넨 바지를 걸친 주인이 뒷골목까지 서둘러 무민을 따라가보는 그런 동네야 주인 없는 가게엔 한 손으로 책을 든 여자애가 화산재로 만든 커피잔을 홀짝이고 있구나 너의 입술 근처에서 햇빛이 자전거 바퀴를 따라 풀어지는 그런 아침, 하품하는 고양이는 아직 애기라서 하품하다 쓰러지고, 이제 이 길을 건너면 우리 진한 커피와 유럽식 치즈를 녹인 샌드위치를 나누어 먹을 거지, 패치워크된 색감 담요를 나

누어 덮고 창밖을 내다볼 거지 내가 이 길을 건너면 일요일 ⎯
의 꿈이 풀어지고 우린 더이상 누구도 기다리지 않을 거야.

대결

사바나 으름 덩굴 사이로 왔단다 그건 지하철이 아니라 피부 잡아먹는 열기구 히터 농장, 후, 이번 역에서 겨우 탈출했어

털모자에 오버사이즈 니트라니, 네 모습이란, 요양원 앞뜰에서 볕 쬐는 그랜마더 스타일, 미안해 너 아픈데 이런 벌 받을 생각을…… 넌 침대에 누운 채 잇몸을 드러냈어 수분이 잔뜩 말라서는

ㅅ, 사왔어?

그래, 수술했어도 입맛은 그대로구나, 핫 잉글리쉬 머핀, 세 개 사왔어 그 정도는 먹어야지, 반쪽을 냅킨에 싸서 건넸다 먹고 더 먹어 나머지 다 너 먹어

녹은 치즈를 보면서, 세상에 이 엄청난 치즈를 좀 봐, 네 손이 떨렸어 같이 먹어도 세제곱근썩 살이 쪄갔지 마리아님이 너만 축복했나봐, 우리가 함께 보낸 시간이, 그 많은 떡볶이랑 머핀이랑 돼지껍데기가, 네 몸에 들어 있다고 생각하니까 너를 안아줄 뻔했다 네 침샘이 발전기를 돌리는 소리, 입술을 깨물면서 손을 더욱 떨었지 그러다 나랑 눈이 마주쳤어

—

ㄴ, ㄱ, ㅏ, ㅇ, 겨, 서

뭐라는 거야, 내가 좀 눈을 찡그리니까

내…… 가……
이.겼.다.고!

글썽이면서 넌 머핀을 몽땅 버렸다 아, 그랬구나 그런 거
였어!

난 고개를 끄덕였지 널 따라서, 휴지통에 머핀을 다 쏟아
버렸어, 축하 멜로디 카드라도 사올걸 그랬나봐 너를 던져
이렇게 싸워왔구나! 니트랑 환자복이랑 차례로 들추고 보
니까 네 배가 탄탄해져서, 이건 스케이트 날처럼 날렵해서,
세상에, 피부도 이렇게나 리프팅된 거니?

철판에다 콩 자루를 쏟아붓듯 니가 웃었지 수술 덕에 삼
일 만에 사람이 됐어! 또 울다가 웃다가, 그래, 이제야 좀 네
나이로 보여, 뭘 해도 안 됐지만 앞으로는 잘될 거야, 맞아,
맹장을 잘라냈으니까, 월계수 말린 이파리 같은 애가 되렴,
바람 불면 날아가는 그런 애, 이제 앞머리만 조금 다듬으면
세상은 다 우리 거야

— 퇴원하면
  같이 고기 먹으러 가자.

—

일상과 아름다움의 단짠단짠 레시피 —

조대한(문학평론가)

새삼스러운 이야기지만 시와 시집은 조금쯤 별개의 것이
다. 개별 시편들의 묶음으로 시집이 구성되는 건 사실이지
만, 어떻게 배치되었느냐에 따라 그것들은 색다른 효과를
발생시킬 수도 있다. 특히나 작품들 간의 배열, 형태, 상응
등에 세심히 주의를 기울이는 시인의 시집이라면 더욱 그
렇다. 혹여 어떤 시인의 미필적 고의 아래 방치된 시집이라
할지라도, 그 속에 나열된 시편들은 서로 부딪치거나 조응
하며 단독으로 읽혔을 때와는 또다른 리듬과 맥락을 산출
한다. 마치 "플레인 요거트"(「책임감」) 하나만을 먹었을 때
의 맛과, "레몬케이크"(「모르는 일」)를 맛보고 "치킨"(「일
대일 컨설팅」)을 먹은 후 다시 '플레인 요거트'로 마무리할
때의 맛이 사뭇 다른 것처럼 말이다. 그러니까 이건 배치에
따라 무한히 증식하는 미감(taste)에 관한 이야기이다. 여기
서는 박상수의 시집 『오늘 같이 있어』를 음미할 수 있는 수
많은 레시피 중 하나를 적어두려 한다. 물론 여느 조리법이
그렇듯 기호에 따라 얼마든지 변경 가능하다는 편리한 추
신도 덧붙인다.
  어느 페이지라도 좋으니 우선 시집을 펼쳐보자. 내용을
감상하기에 앞서 곧바로 눈에 들어온 작품의 외형만을 범박
하게 살펴본다면, 그 형태는 아마도 둘 중 하나에 속할 것
이다. 첫번째 형태의 작품은 행갈이가 수차례 이뤄진 모습
일 것이다. 시 속 인물의 강조된 발화마다 별도의 연이 구
성된 이러한 작품 형태는 언뜻 연극의 대본이나 스크립트

를 연상시킨다. 이 같은 형식을 지닌 시편들 속엔 대개 여성으로 추정되는 내가 등장하고, 그런 나를 둘러싼 구체적인 상황이 주어진다. 상황은 대체로 어떤 곤경에 가까우며 그 곤혹스런 순간과 직간접적으로 연관된 인물이 함께 나타나기도 한다. 한편 두번째 형태의 작품은 하나의 단락에 가까운 모습일 것이다. 이 작품들은 행갈이를 거의 하지 않았고, 하더라도 한 번 이내가 대부분이다. 첫번째 부류의 작품들과 달리 서사적 상황이 주어져 있지도 않다. 다른 인물의 목소리 역시 잘 드러나지 않으며, 연의 첫 호흡부터 끄트머리까지는 대부분 나의 단성적 독백으로 채워져 있다. 논의의 편의를 위해 첫번째 범주의 시편들을 '일상의 희극'으로, 두번째 범주의 시편들을 '아름다운 일인극'으로 이름 지어보도록 하자.

1. 짠내 나는 일상의 희극

우선은 일상을 다루는 시이다. 언니라는 호칭, 다양하고 디테일한 뷰티 제품들, 남성과의 성적 관계 혹은 그들의 성적 폭력 등이 드러난다는 점에서 이 시편들 속 목소리의 주인공은 여성의 성별을 지녔을 것이라 추측된다. 박상수 시인의 이전 시집 『숙녀의 기분』을 애독했던 독자라면 그녀들의 목소리에서 묘한 반가움을 느낄지도 모르겠다. "얕보이는 게 싫어서 고개를 끄덕이"(「좀 아는 사이」)고, "스쿨버스에 캐리어 올려줄 사람이 없"는 "굴욕"(「기숙사 커플」)
이 싫어 남자친구를 만들던 박상수의 '숙녀'들은 이제는 조
금 더 어른이 되어 있을까? 쉽게 확언할 수는 없지만 시간
이 흐른 흔적이 일부 엿보이는 것 같기도 하다. 「24시간 열
람실」「학생식당」「조별과제」「편입생」 등 주로 학생의 경
계 안쪽에서 인정 투쟁을 벌이던 그녀들은 이제 "명함 있
는 애들"(「명함 없는 애」) 무리에 끼지 못해 슬퍼하거나, 그
안으로 진입하기 위해 "오 년 전 밑바닥까지 더듬"어 "나
를 소개"(「일대일 컨설팅」)하려 애쓰거나, 그 안쪽에 들어
가서도 "대표님" "딸아이 숙제까지 봐주"는 "동기 애"(「깊
은 반성」)와 경쟁하며 고투를 벌이고 있다. 이전보다 약간
이나마 더 사회인에 가까워진 그녀들은 공동체로의 편입을
앞에 두고 분투하는 듯 보인다.

　　그 진입의 문턱에서 그녀들이 맞닥뜨리는 최초의 장애물
은 남자 상사이다. '남성'과 '상사'가 문제가 되는 까닭은 그
두 가지 요소가 그녀들에게 이중적인 억압과 폭력으로 작
동하는 경우가 종종 발생하기 때문이다. "알바 애" 송별회
날, 내 옆에 "엉덩이를 붙여 앉"아 치근덕거리던 "매니저
아저씨"는 갑자기 "바지를 벗"고 자기 흉터를 가리키며 다
음과 같은 충고를 던진다. "열심히 살아라, 이것들아!"(「송
별회」) 한편 휴일에 직원들을 모아 "이차"로 "노래방"에 온
"황소 부장 아저씨"는 "내 손을 끌어"당겨 "블루스"를 추
며 귓가에 속삭인다. "이것도 다 시험이야"(「휴일 연장 근

무」). "자꾸 바람을 쐬러 가"자던 "대리님"은 "선팅 필름"
짙은 차 안에서 도망가려는 나를 붙잡고 달뜬 고백을 한다.
"니가 나를, 남자로 만들어"(「오작동」).

　그들의 만행이 묵인되는 일상 속에서 그녀는 공포와 분노
를 동시에 느낀다. 하지만 선뜻 자신의 감정을 내보이지 못
하는 이유는 그 세계의 암묵적 룰에 너무나도 잘 순응하는
주변 사람들 때문이다. 가령 「이해심」 속에 등장하는 "사장"
은 "주먹 휘두르고 술 사주"는 사람이자, "등뒤에서 물어뜯
고" 앞에서는 흐느끼며 용서를 구하는 이중인격자이다. 일
견 아무도 그에게 동조하지 않을 법한데, "사회성 괴물 같
은" "신입 남자애"는 사장의 술자리 고해성사에 열띠게 공
감하며 "사장을 껴안"고 "사장 이마에다가 입맞춤"을 한다.
또 「호러 퀸」에서는, 부당한 대우를 받으며 회사에 다니는
내가 "후배 아이"에게 이런 질문을 던진다. "너는 여기가
좋으니, 이 사람들이 좋아?" 후배는 과분한 듯이 대답한다.
"그냥, 제 손으로 이런 돈 처음 벌어봐요". 붙임성 있는 성
격과 "손대지도 못할 인성까지 가"진 후배를 보며, 나는 스
스로가 "배부른 사람"은 아니었는지 의심하게 된다. 신입과
후배의 '사회성'과 '인성'은 악의 없는 개인의 특성일지 모
르나, 일상의 폭력과 부조리를 쉬이 발화하지 못하게 만든
다는 점에서 그것은 나에게 일종의 수평적 억압으로 작동하
기도 한다. 곁에 놓인 그들과 대비된 내 모습은 '프로불편
러'이자 '이기주의자'로 집단 속에 비쳐진다.

정말 계속할 거야?

　팔짱을 끼고 선배 네가 말했지 누가 준 배역인데 그렇
게 열심이니? 아, 선배 너 뒤에 과장, 과장 뒤에 사실은 부
장, 부장 뒤에는……

　변기 청소용 술이나 대걸레나

　잠깐 한숨을 내쉬려니까 네가 밀고 들어왔지, 미안하
다는 말도 이제 안 할게, 선배는 괄호 열고 내추럴하면서
도 죄책감이 담긴 목소리로 괄호 닫고, 한마디를 꺼냈어

　모두가 네 눈치만 보고 있어 제발 그만하자

　새로 온 부장 놈은 노래방 중독자, 원래 있던 과장 놈
은 등산 중독자…… 겨울에, 산에 데리고 가서는 막걸리
에 컵라면 먹여줘서 고맙다고, 햇빛 쏟아지는 스테인드글
라스 밑에서 울며 간증해야 하니? 과장 놈아, 나는 시들
어가요 물 대신 막걸리를 먹고 내내 트림을 하도록 나는
저주받았어요

　노래방보다는 등산 중독자가 그래도 훨씬 휴머니스트

잖아

  그래, 선배 네 말을 믿고 과장 놈한테 상담했다가 여기
까지 왔지, 황소 부장 새끼 입도 손도 원래 더러운 놈이어
서…… 당장 징계 위원회 블라블라 근육맨처럼 가슴을 두
드렸는데 과장 놈, 왜 나만 피해 다닐까? 이젠 조직도 모
르고 상하도 모르는 이기적인 애, 그게 나래

  묘하게 언밸런스하네요? 나는 탁자 위에 텀블러를 내
려놨어 선배 너, 우리 팀 유일한 인간, 내가 몇 살같이 보
여? 실실거리지 않은 유일한 인간, 이제는 흙탕물에 젖은
눈사람이 되었구나 조금만 움직이면 목이 잘려 떨어질까

  저 동네 반찬가게도 못 가요, 아줌마가 반찬 한 개를 얹
어주는데, 이건 또 누가 시킨 건가(세상에, 농약 친 잔디
를 갈아마신 것처럼 울렁거려), 회사에서 여기까지 다녀
갔나……

  몇 마디 쏟아내려니까 두둥, 선배 눈이 스르륵 닫혔지

  아, 요즘 애들
정말 힘들다

넥타이를 풀더니
　　종이컵에 가래침을 뱉고, 선배는 나가버렸어.
―「이기주의자」 부분

　위 시편 속에서 나는 주변을 불편하게 만드는 사람인 것
같다. 앞서 "황소 부장"과의 블루스 장면을 떠올려본다면,
아마도 나는 그와 관련된 불만을 회사 사람들에게 이야기한
듯싶다. 부당함을 바깥으로 꺼내 말할 수 있었던 것은 "선
배" 덕택이다. 선배는 이 집단 속에서 내가 믿는 유일한 사
람이자, 내게 "실실거리지 않은 유일한 인간"이다. 하지만
선배가 상담자로 추천했던 과장은 겉으로는 "근육맨처럼
가슴을 두드"리며 내 이야기에 울분을 토하는 척했으나, 이
제는 나를 피해 다닌다. 어느새 나는 "조직도 모르고 상하도
모르는 이기적인 애"가 되어버렸다. 공동체의 논리 속에서
과장과 부장은 하나이고, 선배도 별반 다르지 않아 보인다.
믿었던 선배는 이제 나의 불만을 몇 마디 듣지도 않고 눈을
닫은 채 말한다. "아 요즘 애들/ 정말 힘들다".
　나의 마음을 멍들게 하는 선배의 대사는 형식상 매번 행
갈이가 되어 있어서, 읽는 이에게도 시각적인 자극과 연극
적인 울림을 준다. "괄호 열고 내추럴하면서도 죄책감이 담
긴 목소리로 괄호 닫고"와 같은 유사 지시문이나 "두둥"과
같은 마음속의 효과음 또한 작품의 극적인 느낌을 강화한
다. 흥미로운 것은 형식과 주제 양쪽에서 비극적일 수 있는

이 시편이 묘하게도 비극의 인상으로 남지는 않는다는 점이다. 그 원인 중 하나는 시인의 희화적 표현 때문일 것이다. 그 위트 있는 발화들은 다소 진지하고 슬퍼진 분위기를 잠시나마 뒤틀어놓는다. 이를테면 "나는 시들어가요 물 대신 막걸리를 먹고 내내 트림을 하도록 나는 저주받았어요" "과장 놈아"라고 외치는 장면이나, 한통속인 부장, 과장, 선배를 보며 "변기 청소용 솔이나 대걸레나"라며 툴툴거리는 장면 등이 그렇다.

'웃픔'이라고 축약하고 싶은 이 시대적 정서 속에는 언뜻 풍자와 해학의 감각이 엿보이는 것 같기도 하다. 함돈균 평론가는 시집 『숙녀의 기분』에서 박상수 시의 이러한 미학에 관해 언급한 적이 있다. 그것은 현실을 뒤집을 전복적 에너지를 내포하고 있지도 않고 현실을 향한 화해의 제스처 역시 지니고 있지 않으므로 풍자나 해학의 일종이 아니며, 오히려 우리 시대의 민낯을 드러내는 희극적 언설에 가깝다고 그는 이야기했다. 그리고 그의 진단은 정확해 보인다. 웃어야 할지 울어야 할지 알 수 없는 그녀들의 웃픈 표현은 웃음이라는 가면으로 슬픈 일상을 가리려는 것이 아니라, 가면 뒤에 가려진 어떤 진실을 드러내는 데 목적이 있는 것 같다. 그것은 가면의 겉모습과 그 속의 민낯이 실은 똑같은 얼굴이라는 사실, 우스꽝스러운 가면이 벗겨진 우리의 일상 역시 한 토막의 농담이자 희극에 불과하다는 사실이다.

덧붙여 이 시가 비극적이지 않은 또다른 원인은 인식 과정의 방향 차이 때문일 수도 있다. 고전적인 측면에서 비극은 공동체에 잘못이나 실수를 저지른 개인이 몰락해가는 과정을 보여준다. 그 잘못이 인간의 존재론적 유한함에서 유래하든 혹은 개인의 유다른 성격에서 비롯되든지 간에, 공동체에 저지른 자신의 잘못을 인식하고 그 섭리 속에 포섭되는 결말이 일반적인 비극의 진행 과정이다. 하지만 위의 시편에서 나타나는 극적 과정은 정반대여서, 이제 잘못을 저지른 쪽은 내가 아닌 내가 속한 집단이다. 자각은 공동체에 저지른 나의 죄를 깨닫는 순간이 아니라, 그들이 자신들의 죄를 모두 알고 있었다는 사실을 내가 인식하는 순간 발생한다. 선배가 "넥타이를 풀"고 "종이컵에 가래침을 뱉"으며 문을 나서는 순간, 그들의 공동체와 내가 완전히 분리되어 있다는 것을 깨닫는 순간 나를 짓누르던 세계의 무게는 헐거워지고 엄숙했던 일상의 분위기는 어딘가 우스운 것으로 뒤바뀌게 된다.

2. 달콤하고 아름다운 일인극

이제는 일상에서 다소 비켜난 아름다움을 다룬 시를 살펴보자. 이 범주의 시편들은 형태적으로도 그렇지만, 내용적으로도 앞서 언급된 작품들과 일정 부분 차이를 보인다. 우선 선명하던 타인의 대사들이 사라졌고, 그 속엔 모노톤에 가까운 나의 독백만이 남았다. 「모노드라마」를 보면 "TV

를 소리없이 켜놓고 커튼을 치고, 숨만 쉬"며 살아가는 내
가 등장한다. 다른 이들과 이야기를 나누지 않아 나는 "오
래 입이 쓰"다. "옆집은 비어가고" "골목길엔 아무도 없"으
며, "껴안지도 못할 화분들만 늘어"간다. 내가 놓인 그곳의
풍경은 계절로 치자면 조용한 겨울밤에 가까운 듯싶다. 그
곳에서 나는 "아무것도 빼앗기기 싫어서 입을 지운 채 앙금
을 만"든다. "팥앙금, 밤앙금"(「넌 왜 말이 없니?」) 발음하
다보면 자연스레 입은 다물어지고 앙금의 달콤함만 조용히
마음속에 침잠한다. 나는 누구의 "얼굴도 없는 겨울", 아무
도 "없는 것이 구원인 날들을 견디며"(「12월」), "나라는 집
으로 드나들던 모든 나쁜 영혼이 다 떠나버리기를"(「극야
(極夜)」) 기다리고 있다.

　그래서인지 이 시편들 속에서 등장하는 타인은 실체를 지
닌 존재라기보다 내 목소리와 상상력으로 주조된 무언가에
가까운 듯싶다. 예컨대 「외동딸」에서 나는 일상의 아픔을
달래기 위해 "닫힌 성운에서 치료받는 중이"다. 그곳의 시
간과 "지구의 시간은 다르다". 그곳의 시간은 일상으로부터
벗어난 별과 아름다움의 시간이다. 세상 속에서 나는 '외동
딸'처럼 홀로 내던져져 있었지만, 상상 속에서만큼은 "거대
한 문어군과 악수하"며 "우리의 시간"을 향유한다. 세계 안
쪽으로 편입되지 못했던 나는 아름다운 일인극 속에서나마
너와 닿는 상상을 하는 듯하다. 「독수리 성운의 캐치볼」에
서 나는 홀로 "외발자전거를 타면"서도, 그 여정의 바퀴 자

국으로 이어진 "가느다란 실이 너에게 갈 때까지 고개를 기
울여 간지러운 이야기를 흘려보내"려 한다. 나는 찬연한 별
의 구름 속에서 너에게 닿을지도 확신할 수 없는 캐치볼을
던진다. 그것은 "진공 유리병에 밀봉된 채" 홀로 은하 위를
흘러가는 시간이자, 그럼에도 "누군가 나에게 미안하다고
말해주는 것, 그 하염없는 사과를 받으며 두 손에 얼굴을 파
묻고 끄덕여보고 싶은 것"을 간절한 "소원"(「24시간 커피
숍」)으로 여기는 시간인 것 같다.

   (……) 그릴 위에선 양배추 크림스튜가 끓고, 우유랑 생
크림이랑 치즈스톡을 넣고 살짝 더 끓이다가, 법랑 컵에
담아내지 괜찮아 장갑이 두툼하니까, 호호 불다가 멍하다
가, 밤하늘을 올려다보다가, 아무 말도 안 하다가 다시 생
각난 듯 늦게 먹어도 좋지, 잘라둔 식빵을 담가 먹어도 좋
고, 눈은, 어쩌면 눈은 더 올 것 같아 트레일러도 캠핑카도
모두 잠들고, 낼 아침이면 생수통도 뚱뚱하게 얼겠지 모
닥불이 꺼지면 우린 밤새 텐트 속에 있을 거야 헤드 랜턴
을 켠 채 서로에게 편지를 적어주고, 이따금 문을 열어 대
기에 가득한 눈송이 냄새를 맡을 거지, 밤새도록 문패도
만들고 네가 가져온 수제 캔들도 밝혀둘 거지, 큰불 대신
작은 불을 건드리며 손가락끼리 노닥일 거지, 모닥불에서
꺼내온 넓적 돌은 수건으로 돌돌 말아 같이 껴안기로 하
자, 먼저 잠든 사람을 들여다보다가, 그 속눈썹에 살살 입

122

김을 불어보기도 하지, 이마에 닿은 물방울에 놀라 텐트
문을 열면 아침에는 세상이 바뀌어 있겠지 신발은 사라지
고 긴 발자국이 멀리 숲속까지 이어져 있을 때, 그 길을 따
라 바람만 불고 있을 때, 저 멀리서 작은 눈사람이 입김을
쏟으며 돌아올 때, 그 사람이 나를 향해 손을 흔들면 나는
그만 문을 닫고 살짝 울고 말 거지.

—「리폼 캠핑」 부분

눈앞엔 "모닥불"이 피어 있고, "그릴 위에선 양배추 크림
스튜가 끓고" 있는 어느 숲속의 밤이다. 시 속의 나는 누군
가와 캠핑을 온 듯하다. 멍하니 "밤하늘"을 올려다보는 밤,
아무 말도 하지 않고 "법랑 컵"에 담긴 스튜를 불어 마셔도
좋은 그런 밤이다. 나는 너와 "밤새 텐트 속에"서 "편지를
적어주고" "모닥불에서 꺼내온 넓적 돌"과 함께 서로를 껴
안으며 체온을 나눌 것이다. 서로의 얼굴을 바라보며 "속눈
썹에 살살 입김을 불어보기도" 할 것이다. 상상만으로도 포
근하고 아름다운 겨울밤의 정경이다. 하지만 너무나도 완
벽한 이 풍경이 사라질 것만 같은 예감이 드는 것은 왜일
까. 그것은 우선 나의 어투 때문이다. '-ㄹ 거지'라는 종결
어미의 반복된 사용은 그 다짐이나 전망이 마냥 이뤄지지만
은 않을 것 같은 불안감을 은근스레 풍긴다. 또한 "사라질
땐 흔적도 안 남기는 그런 사람"(「리폼 캠핑」)이 되리라던
너의 말, 아침이면 사라질 너의 "신발", 사라졌던 네가 돌

아온다면 "문을 닫고 살짝 울고 말 거"라는 나의 예감 등은
완벽한 너와의 시간이 곧 사라질지도 모른다는 위기감을 한
층 부추긴다. 이 밤이 지나면 "아침에는 세상이 바뀌어 있"
을 것이다. 지금 아름다운 "밤의 골목에 나는 파묻혀 있"지
만, 이 밤이 끝나면 "일요일의 꿈이 풀어"(「내가 보이니」)
지듯 내 밤의 독백도 끝날 것이다. 그리곤 마주하기 싫은 월
요일의 아침처럼, 갑작스런 일상의 소음이 다가올 것이다.

　고요하고 아름다운 지금 이 순간을 계속 유예하고 싶은 나
의 마음은 시의 형태에서도 간접적으로 드러난다. 이 작품
은 처음부터 끝까지 행갈이가 사용되지 않았고, 마침표 또
한 마지막 문장이 끝나는 순간에만 사용되었다. 일반적으로
시 중간중간의 행갈이나 마침표는 문장의 호흡 변화, 새로
운 전개 등을 위해 사용되곤 하는데, 별다른 굴곡 없이 쉼표
로 잇대어진 해당 시의 형식은 동일한 층위의 호흡과 문장
이 계속 이어지고 있다는 느낌을 준다. 끝날 듯 끝날 듯 끝
나지 않는 이러한 쉼표의 연속은, 일상에서 비켜난 아름다
운 일요일 밤의 꿈을 조금이라도 더 연장하고 싶은 나의 바
람과 상응하는 듯 보인다. 그리고 이러한 형식은 아름다운
일인극의 시편들 대부분에서 공통으로 반복되는 형태적 특
징이다. 하지만 지연되던 마침표는 시의 끄트머리에 이르러
결국 찍히고 만다. 아폴리네르의 『알코올』 이후의 어떤 시
인들에게는 작품 끝의 마침표가 한 세계의 종결을 의미한
다고 말할 수 있다면, 내가 유예하려 했던 아름다운 겨울밤

의 시간은 마침표와 함께 끝나버린 것 같다. "나는 밤을 닮고 싶지만 결국 밤이 될 순 없"었고, 끝내고 싶지 않던 "눈 내리는 밤"(「잃어버린 시간들의 밤」)의 기억은 일상의 호흡 아래 점차 희미해져갈 것이다.

3. 꼭 껴안고 먹는 밥

앞서 살펴본 일상과 아름다움의 교차를 통해 박상수의 시집은 자신만의 독특한 미감을 자아낸다. 첫번째 형태의 시편들을 연이어 읽으며 수월해졌던 독서의 호흡은 두번째 형태의 시편이 교차되는 순간 상대적으로 빡빡해진다. 가벼웠던 희화적 표현과 희극적 세계 또한 묘하게 진중한 아름다움으로 대체된다. 외로움의 감각 역시 다소 변주된다. '일상의 희극'에서 느꼈던 외로움이 내가 세계로부터 분리될 때의 감각에 가까운 반면, '아름다운 일인극' 속에서 느꼈던 외로움은 아름다움으로부터의 단절 또는 그것의 실체 없음의 감각이었다. 고요한 12월의 겨울밤은 계속 이어질 수 없고, 상상과 독백 속의 너는 "털 없는 두 발 사람"(「12월 31일」)의 온기를 내게 전해 줄 수 없다.

별개의 시간처럼 보이는 양쪽이 일시적으로 겹쳐지는 때는 흥미롭게도 음식을 매개로 하는 순간이다. "핫 잉글리쉬 머핀"(「대결」), "시럽이랑 생크림까지 가득 올려"진 "톨 사이즈 커피"(「모르는 일」), "생강절임 돼지고기" "문어모양 소시지" "설탕이랑 간장을 넣고" 만든 "계란말이"(「해열」) 등 미처 다 열거하지 못할 맛있고 달콤한 음식을 먹을 때면 일상의 소음은 잠시나마 멈춘다. 마치 아름답지 못한 삶도 "이런 음식을 먹으니까 다 용서"(「호러 2」)가 되는 것처럼 말이다. 실제로 아름다움을 뜻하는 한자 '미(美)'는 '양 (羊)'자와 '대(大)'자가 합쳐져 만들어진 회의문자이다. 두 가지의 뜻이 결합된 이 글자는 크고 살찐 양이 먹기 좋고 맛있다는 뜻에서, 아름답다는 뜻으로 그 의미가 확장된 글자이다. 칸트 역시 『판단력 비판』에서 아름다움을 판단하는 요소이자 근거로서의 '미각'을 논의한 바 있다.

둘이서 칠 인분은 먹었나봐, 된장국에 공깃밥까지 먹으려다 그건 못했지 너는 젓가락을 덜덜 떨며 말했다 못살아, 왜 이것밖에 못 먹는 거야…… 맘대로 되는 게 하나도 없구나…… 그니까, 먹은 것보다 못 먹은 게 무한이라서 무한 리필인 건가, 나도 같이 울었어

모공들이 다 열려버려서, 우린 기름종이를 나누어 가졌지 립밤도 다시 발랐어 그래도 한 정거장쯤은 걸을까? 미안해 얘들아, 천국에 못간 돼지들, 걔네들이 아직도 붙어 있나봐, 밤거리를 걸었지만 숨이 차서, 반 정거장도 못 걸었지, 포기하자 다 포기하고, 택시를 잡아타자

불빛 찬란한 밤거리
이렇게 달릴 때가 제일 빛나지
다들 걸어가는데 우리만 달려가니까
우리만 앞으로 나가는 것 같으니까

연두부처럼 맘이 풀려서는 내가 물었어

무슨 생각해?
음, 구역질나게 배부르고, ……멍해서, 좋다는 생각

 멍한 것 뒤에는 더 멍한 게 있을까 아님 아무것도 없는
걸까, 뭐가 더 좋은 걸까? 우리는 계속 달렸지 입을 벌리
고 차창 바람을 먹으며, 에코처럼, 네가 물었어

 넌 무슨 생각 하는데?
 아까 남긴 고기 생각

 내릴 때가 되니까 네가 붙어 앉았지, 길게, 한숨을 내쉬
고는 뭐라고 속삭였어 분홍색 면봉이 귓바퀴를 들락날락,
근데 무슨 말인지 안 들리잖아, 내 손을 잡고, 빤히 보면
서, 네 입술이 움직였지

 가지 마

오늘

　같이 있자.

　위 시편에서 나는 너와 고깃집에 방문한 듯하다. 나와 너
는 "둘이서 칠 인분"의 목살과 삼겹살을 구워먹는다. 실은
"된장국에 공깃밥까지" 추가로 먹고 싶지만 배가 차서 더
이상 먹지 못한다. 식욕을 따라가지 못해 "이것밖에 못 먹
는" 몸이 조금 슬프기까지 하다. 맛있는 음식이 일상을 잠
시나마 멈추게 만드는 아름다움의 유일한 파편들이라면, 그
행복함을 "무한"히 늘리고 싶은 마음은 어쩌면 당연한 것
일지도 모른다. 일요일의 꿈이 점차 사라지듯 배는 점점 차
오르고 그 시간도 끝내 멈추고 말겠지만, "아까 남긴 고기
생각"을 하다보면 행복이 조금쯤 유예되는 듯싶기도 하다.
　쳇바퀴 도는 일상 속에서 내가 느끼는 상쾌함이란 고작
그 속을 남들보다 조금 빠르게 돌고 있을 때 느끼는 속도감
뿐이다. "다들 걸어가는데 우리만 달려가니까" 마치 "우리
만 앞으로 나가는 것 같"은 우월감이 생긴다. 물론 그것은
조금 더 빠른 제자리걸음일 뿐이라는 점에서, 일상이 여전
히 희극적이라는 사실은 변함이 없다. 하지만 그 "구역질나
게 배부"른 속도감과 "멍한" 마음이 세계의 시간을 잠시 무
화시키는 것 또한 사실이다. 밥과 아름다움에 취해 "연두부
처럼 맘이 풀려"진 너와 나는 일상의 타인에게서 받은 아픔

을 잠시 망각하고, 다음과 같이 용기 내어 속삭인다. 우리
"오늘/ 같이 있자."

'음식을 먹는 일'과 '타인과 같이 있는 일'을 연관 지어 이
야기한 이는 벤야민이었다. 그는 음식을 남과 같이 나누어
먹을 때만 음식 본연의 의미가 발생한다고 보았다. 함께 밥
을 먹는 일은 생존을 위한 물질적 기능을 넘어서 인간적인
의미의 결속을 가능하게 한다고 그는 말했다. 그의 관점에
서 본다면 '혼밥'은 집단으로부터 일탈하는 개인의 문제가
아니라, 음식의 최소한마저 쉽게 즐길 수 없도록 만든 시대
의 문제가 된다. "치킨"이 "눈물"나도록 "고마운" 것은 아
무도 응답해주지 않는 세계 속에서 내가 "시키면. 언제든.
오"(「명함 없는 애」)는 몇 안 되는 온기이기 때문은 아닐까.

물론 음식을 먹고 느끼는 감각은 다분히 주관적이다. 그
래서 언뜻 미각은 타인과 객관적으로 공유할 수 없는 독백
의 영역처럼 느껴지기도 한다. 하지만 그러한 맛을 상상하
고 재현할 때만 아름다움의 공통 감각이 발생할 수 있다고
칸트는 이야기했다. 미감(taste)에서만 이기주의가 극복된
다는 그의 언급을 바꿔 말하면, 우리는 음식을 먹을 때만 함
께 아름다워질 수 있다. 따라서 박상수 시집에 담긴 '먹방'
은 원초적 욕망에 대한 관음증적 시선이라기보다는, 나와
너의 아름다움을 공유하려는 조심스러운 속삭임에 가깝다.
일상은 외로운 희극에 불과하고 내가 꿈꾸는 아름다운 단막
극 역시 금세 흩어질 테지만, 그럼에도 지금 이 시집에 담긴

"연극 한 편"을 들춰보는 것은 어떨까. "감정을 담은 목소리로, 요즘 어때? 같이 밥 먹을까? 그렇게 말해주는 연극"(「모노 드라마」) 말이다.

박상수 1974년 서울에서 태어나 명지대학교 문예창작학과를 졸업하고 같은 대학원에서 문학박사학위를 받았다. 2000년『동서문학』에 시, 2004년『현대문학』에 평론이 당선되어 등단했다. 시집으로『후르츠 캔디 버스』『숙녀의 기분』, 평론집으로『귀족 예절론』『너의 수만 가지 아름다운 이름을 불러줄게』가 있다.

— 문학동네시인선 109
오늘 같이 있어
ⓒ 박상수 2018

— 1판 1쇄 2018년 9월 21일
1판 5쇄 2023년 9월 15일

지은이 | 박상수
책임편집 | 김봉곤
편집 | 강윤정 김영수 김필균
디자인 | 수류산방(樹流山房) 본문 디자인 | 유현아
저작권 | 박지영 형소진 최은진 서연주 오서영
마케팅 | 정민호 서지화 한민아 이민경 안남영 왕지경 황승현 김혜원 김하연
브랜딩 | 함유지 함근아 박민재 김희숙 고보미 정승민 배진성
제작 | 강신은 김동욱 이순호
제작처 | 영신사

펴낸곳 | (주)문학동네
펴낸이 | 김소영
출판등록 | 1993년 10월 22일 제2003-000045호
주소 | 10881 경기도 파주시 회동길 210
전자우편 | editor@munhak.com
대표전화 | 031) 955-8888 팩스 | 031) 955-8855
문의전화 | 031) 955-3576(마케팅), 031) 955-1920(편집)
문학동네카페 | http://cafe.naver.com/mhdn
인스타그램 | @munhakdongne 트위터 | @munhakdongne
북클럽문학동네 | http://bookclubmunhak.com

ISBN 978-89-546-5274-2 03810

* 이 책의 판권은 지은이와 문학동네에 있습니다. 이 책 내용의 전부 또는 일부를 재사용
하려면 반드시 양측의 서면 동의를 받아야 합니다.

잘못된 책은 구입하신 서점에서 교환해드립니다.
기타 교환 문의: 031) 955-2661, 3580

www.munhak.com

문학동네